Зеркало

契诃夫小说选集

A. ЧЕХОВ

镜子集

〔俄〕契诃夫 著

汝龙 译

人民文学出版社

图书在版编目（CIP）数据

契诃夫小说选集.镜子集/（俄罗斯）契诃夫著；汝龙译.—北京：人民文学出版社，2021
ISBN 978-7-02-012941-6

Ⅰ.①契… Ⅱ.①契…②汝… Ⅲ.①短篇小说—小说集—俄罗斯—近代 Ⅳ.①I512.44

中国版本图书馆CIP数据核字（2017）第134344号

策划编辑　张福生
责任编辑　李丹丹
装帧设计　刘　静
责任印制　王重艺

出版发行　人民文学出版社
社　　址　北京市朝内大街166号
邮政编码　100705
网　　址　http://www.rw-cn.com

印　　刷　三河市博文印刷有限公司
经　　销　全国新华书店等

字　　数　86千字
开　　本　787毫米×1092毫米　1/32
印　　张　7
印　　数　1—3000
版　　次　2021年4月北京第1版
印　　次　2021年4月第1次印刷

书　　号　978-7-02-012941-6
定　　价　29.00元

如有印装质量问题,请与本社图书销售中心调换。电话:010-65233595

目　　次

镜子 ………………………………… 1

格利沙 ……………………………… 11

草原 ………………………………… 18

镜　　子

除夕之夜。涅丽是一个将军和地主的女儿,年轻俊俏,日日夜夜巴望着出嫁,这时候在她房间里坐着,疲倦的和半闭着的眼睛瞧着一面镜子。她脸色苍白,神经紧张,呆然不动,就像那面镜子一样。

她眼前现出一幅实际并不存在而又分明可以看见的幻景。它像是一条没有尽头的狭长走廊,那儿有一长排多得数不清的蜡烛,镜子里映出她的面容、胳膊、镜框——然而这些早已被迷雾遮住,化为一片无边无际的灰色海洋了。这个海洋汹涌起伏,光影闪烁,有的时候猛的燃起一片霞光。……

瞧着涅丽呆然不动的眼睛和张开的嘴巴,很难弄清楚她在睡觉还是醒着,其实她是在凝神细看。起初她只看见一个人的笑容以及柔和而充满魅力的眼神,后来在那浮动的灰色背景上渐渐出现一个头、一张脸、两道眉毛、一把胡子的轮廓。这就是他,她的未婚夫,她长久渴求和希望的对象。这个未婚夫对涅丽来说就是一切:生活的意义、个人的幸福、事业、命运。在他之外,犹如在那灰色背景上一样,全是阴暗、空虚、毫无意义。无怪乎她见到眼前这张英俊的、温柔地微笑着的脸,就感到陶醉,感到在做一场美得无法再美的梦,那梦无论是用话语还是用纸笔都无从表达的。随后她听见他的说话声,看见她自己和他在同一个房顶底下生活,她的生活渐渐同他的生活合而为一。在那灰色的背景上,岁月在流逝……于是涅丽一清二楚,详详细细地看见了她的未来。

在那灰色的背景上一个画面跟着一个画面闪过

去。后来涅丽看见冬天一个寒冷的夜晚她去敲县里的医生斯捷潘·卢基奇的家门。门里有一条老狗懒洋洋地吠叫,声音沙哑。医生的窗子里一片漆黑。四下里静悄悄的。

"看在上帝面上……看在上帝面上吧!"涅丽小声说。

不过最后那扇旁门总算吱呀一声开了,涅丽看见医生家的厨娘站在她面前。

"大夫在家吗?"

"他睡了,太太……"厨娘用袖口蒙住嘴说,好像怕惊醒她的主人似的,"他刚从流行病人那儿回来。他吩咐我不要叫醒他,太太。"

可是涅丽没听见厨娘的话。她伸手推开厨娘,像疯子似的跑进医生的住宅。她跑过好几个阴暗而不通风的房间,一路上碰翻两三把椅子,终于找到了医生的卧室。斯捷潘·卢基奇正和衣躺在床上,不过他的上衣脱掉了。他撅起嘴唇,往手心里吹气。他旁边点着一盏小小的夜灯,光线微弱。涅丽一句话也没说,在椅子上坐下,开始痛哭。她哭得悲悲切切,浑身发抖。

"我的丈夫……我的丈夫病了!"她费力地说。

斯捷潘·卢基奇没有讲话。他慢腾腾地坐起来,用拳头支住脑袋,抬起带着睡意的、呆板的眼睛瞧着他的客人。

"我的丈夫病了!"涅丽忍住哭泣,继续说,"看在上帝面上,我们一起走吧。……快点……越快越好!"

"啊?"医生嘟哝一声,往手心里吹气。

"我们一起走吧!马上就去!要不然……要不然……说出来太可怕了。……看在上帝面上吧!"

脸色苍白、筋疲力尽的涅丽,吞着泪水,上气不接下气,开始对医生叙述她丈夫那突如其来的病症和她那难以形容的恐惧。她的痛苦能把石头感动,然而医生瞧着她,却不住地往手心上吹气,一动也没动。

"我明天去……"他喃喃地说。

"这不行!"涅丽吓坏了,"我知道我丈夫得的是……伤寒！现在……您马上就得去！"

"我……那个……刚刚回来……"医生喃喃地说,"我出外去治流行病已经有三天了。我不但很累,而且自己也病倒了。……我绝对不能去！绝对！我……我自己也传染上了。……瞧！"

医生把一个体温表送到涅丽的眼睛跟前。

"我的体温将近四十度。……我绝对不能去！我……我坐也坐不住。请您原谅,我要躺下了。……"

医生躺下去。

"可是我求求您,大夫！"涅丽绝望地哀叫道,"我恳求您！您帮帮我的忙,看在上帝面上吧。您打起精神来,我们走。……我会付给您钱,大夫。"

"我的上帝啊……可是我已经跟您说过！唉！"

涅丽跳起来,在卧室里烦躁地走来走去。她一心想对医生讲清楚,叫他明白。……她心想,要是他知道她丈夫在她是多么宝贵,而且她是多么悲惨,他就会忘却他的疲劳,也忘却他的疾病。可是她哪有这样的口才啊?

"您去找地方自治局的医生吧……"她听见斯捷潘·卢基奇说话了。

"那可不行!……他住的地方离这儿有二十五俄里远,而且时间宝贵。马也跑不动了:从我们家到您这儿就有四十俄里远,再从这儿到地方自治局的医生家几乎也有那么多路。……不,这不行!我们走吧,斯捷潘·卢基奇!我求您拿出英雄气概来。是啊,您拿出英雄气概来!您怜悯我吧!"

"鬼才知道是怎么回事。……我在发烧……脑子里昏昏沉沉,可是她就不明白。我不能去!请您走吧。"

"可是您有责任去!您不能不去!这是利己主义!人应当为别人牺牲自己的生命,可是您……您却不肯去!……我要到法院去告您!"

涅丽感到她在信口胡说又伤人又不公道的话了,然而为要救丈夫,她顾不得逻辑、分寸和对人的同情了。……医生没回答她的威胁,只贪婪地喝下一大杯凉水。涅丽就像最下贱的乞丐一样,又开始恳求他,唤起他的同情心。……最后医生让步了。他慢腾腾地坐起来,呼呼地喘气,哼哼唧唧,寻找他的上衣。

"喏,上衣在这儿!"涅丽帮他找到了,"请别见怪,我来给您穿上这件衣服。……这就行了。我们走吧。……我会付给您钱……我会一辈子感激您的。……"

可是真伤脑筋啊!医生穿好上衣,又躺下了。涅丽扶起他来,把他拉到门厅。……在门厅,他穿套鞋和皮大衣又费了不少周折,令人心焦。……他的帽子不见了。……不过最后涅丽总算坐上马车了。医生就在她身旁。现在只要走完四十俄里,她丈夫就可以得到医生的帮助了。黑暗笼罩着大地,伸手不见五指。……冬季的寒风刮过来。车轮碾过冰冻的土块。马车夫不时停下车,考虑该顺哪一条路走好。……

涅丽和医生一路上沉默不语。马车把他们颠得厉害,可是他们既没感到寒冷,也没感到颠簸。

"快点走!快点走!"涅丽要求马车夫说。

早晨五点钟光景,跑累的马走进院子。涅丽见到了熟悉的大门、安着吊杆的井、一长排马房、板棚。……她总算到家了。

"您等一下,我马上就来……"她扶着斯捷潘·卢基奇在饭厅里的长沙发上坐下,对他说,"您歇一歇,我去看一下他怎么样了。"

过了一会儿涅丽从她丈夫那边回来,发现医生躺下了。他在长沙发上躺着,嘴里嘟嘟哝哝。

"请吧,大夫。……大夫!"

"啊?您去问多木纳吧!……"斯捷潘·卢基奇嘟哝说。

"什么?"

"在大会上他们说……符拉索夫说……谁?什么?"

使得涅丽大为惊恐的是,她看见医生跟她丈夫一样说胡话。这可怎么办呀?

"去找地方自治局医生!"她决定。

随后又是黑暗,刺骨的寒风,冰冻的土块。她身心交困,痛苦得很,善于骗人的大自然却想不出什么办法,耍不出什么花样来弥补这种痛苦。……

后来她在灰色的背景上看见她丈夫每年春天急于筹措款项,以便向他抵押过庄园的那家银行缴清利息。他睡不着觉,她也睡不着觉,他俩绞尽脑汁盘算着怎样才能逃避法警的光临。①

她看见了儿女。她永远提心吊胆,生怕他们得感冒,得猩红热,得白喉,在学校里考试得一分,生怕同他们生离死别。那五六个小胖娃娃中多半总要死掉一个。

那灰色的背景避不开死亡。这也是很自然的。丈夫和妻子不可能同时死掉。不管怎样,这两个人总得

---

① 指利息若不能按期缴纳,银行就向法院起诉,法院派法警来查封庄园,拍卖后抵偿银行的抵押金和利息。

有一个要埋葬另一个。于是涅丽看见她丈夫就要死了。这个可怕的灾难详尽无遗地在她眼前出现。她看见棺材、蜡烛、教堂诵经士,甚至看见棺材匠在前厅留下的脚印。

"这是怎么回事?怎么回事呀?"她呆呆地瞧着死去的丈夫的脸,问道。

于是,她觉得,她同她丈夫以前一起度过的全部生活,无非是这种死亡的愚蠢而不必要的前奏而已。

一件东西从涅丽的手里掉下来,当的一声落在地板上。她全身一震,跳起来,睁大眼睛。她看见一面镜子躺在她脚旁,另一面镜子照原先那样立在桌子上。她照了照镜子,看见一张苍白的和泪痕斑斑的脸。那灰色的背景不见了。

"我刚才大概睡着了……"她想,轻松地吐出一口气。

格 利 沙

格利沙,一个又小又胖的男孩,是两年零八个月前出世的。这天,他同保姆一起在林荫道上散步。他身上穿着很长的小棉斗篷,系一条围巾,戴一顶大帽子,上面有个毛球,脚上穿一双暖和的长筒靴。他又闷又热,此外,四月间的灿烂阳光直射到他的眼睛里,刺得他眼皮发痛。

他胆怯而不稳地迈着步子,整个笨拙的身子现出极度的困惑。在这以前,他只见识过一个四方形的世界:一个角落里放着他的床,另一个角落里放着保姆的箱子,第三个角落里放着一把椅子,第四个角落里点着长明灯。要是往床底下瞅一眼,你就会看见一个断了胳膊的玩偶和一面鼓。不过保姆的箱子后面却有很多各式各样的东西,例如线轴、纸片、缺盖子的小盒、玩坏了的小丑。在那个世界里,除了保姆和格利沙以外,妈妈和一只猫也常来。妈妈很像玩偶。猫却像爸爸的皮大衣,只是皮大衣没有眼睛和尾巴。那个世界名叫"儿童室",有个门通到一个空荡荡的地方,大家都在那儿吃饭和喝茶。那儿放着格利沙的高脚椅子,挂着一个时钟,它活着就是为了摇它的摆,敲出当当的响声。从这个饭厅可以走进一个放着红圈椅的房间。那儿的地毯上有一块乌黑的斑点,至今大家都为这块黑斑向格利沙摇手指头,吓唬他。过了这个房间还有一个房间,不过谁都不准进去,爸爸倒常在那儿出现,他是个极其捉摸不透的人!保姆和妈妈很容易使人了解:他们给格利沙穿衣服,喂他吃饭,服侍他上床睡觉,可是爸爸干什么活着,就不知道了。另外还有个捉摸不透的人,就是姑姑,那面鼓就是她送给格利沙的。她一会儿出现,一会儿又不见了。她到哪儿去了呢?格利沙不止一次往床底下看,往箱子背后看,往长沙发底下看,然而她总是不在。……

可是在这个新的世界里,不但太阳刺痛他的眼睛,而且有那么多的爸爸、妈妈、姑姑,弄得他不知道应该跑到谁跟前去才好。不过最奇怪、最可笑的是马。格利沙瞧着它们的腿不住活动,一点也不明白这是怎么回事。他瞧着保姆,希望她来解答他的疑团,可是保姆不言语。

突然间,他听见可怕的跺脚声。……原来林荫道上有一群兵,迈着整齐的步伐,直对着他走过来,他们脸色发红,胳肢窝底下夹着洗蒸汽浴用的桦条帚。格利沙吓得浑身发凉,探问地瞧着保姆:这危险吗?可是保姆既不跑,也不哭,可见这是不危险的。格利沙目送着那些兵,自己也开始按着他们的节拍迈动两条腿了。

有两只长脸的大猫跑着穿过林荫道,吐出舌头来,翘起尾巴。格利沙暗想,他也得跑,就跟着那些猫跑起来。

"站住!"保姆对他吆喝道,粗暴地抓住他的肩膀,"你往哪儿跑?是谁叫你淘气的?"

后来有个保姆坐在那儿,端着一个小盆,里面盛着橙子。格利沙走过她面前,什么话也没说,拿了一个橙子。

"你这是干什么?"他的旅伴喊道,打一下他的手,把橙子夺过去,"混小子!"

这时候格利沙脚边有一块碎玻璃片,像长明灯那么闪光,他本来想把它拾起来,可是又不敢,怕他的手再挨打。

"您好!"格利沙忽然听见一个人的又响又粗的说话声几乎就在他耳朵上边响起来。他看见一个高身量的男人,衣服上的纽扣发亮。

使得格利沙大为高兴的是,这个人跟保姆握一下手,跟她一块儿站住,谈起话来。太阳的光辉、马车的辘辘声、马、发亮的纽扣,全都新奇动人,并不可怕,格利沙的心充满快乐的感觉,他不由得笑起来。

"我们走!走!"他对那个衣服上钉着亮纽扣的男人叫道,拉他的后襟。

"到哪儿去?"那个人问。

"走!"格利沙坚持说。

他本想说,要是把爸爸、妈妈和猫都带来倒不错,可是他的舌头说不出他要说的话。

过了不大一会儿,保姆离开林荫道,转一个弯,带着格利沙走进一个大院子。那儿还有雪。有发亮的纽扣的男人也跟着他们走来。他们小心地绕过积雪和水洼,随后登上一道肮脏而幽暗的楼梯,走进一个房间。那儿烟雾弥漫,有煎肉的气味。有个女人在炉灶旁边站着煎肉饼。这个厨娘和保姆亲了个嘴,跟那个男人一起在长凳上坐下,开始轻声说话。格利沙穿戴得厚实,闷热得受不住了。

"这是什么缘故?"他想,往四下里瞧一眼。

他看见乌黑的天花板、两个犄角的火钳、炉灶,那个炉灶看上去像是个又大又黑的窟窿。……

"妈妈!"他拖着长音叫道。

"得了,得了,得了!"保姆叫道,"你等着吧!"

厨娘在桌上放好一瓶酒、两个杯子和一个馅饼。两个女人和有着亮纽扣的男人好几次碰杯,喝酒。男人时而搂住保姆,时而搂住厨娘。后来他们三个人一齐轻声唱起来。

格利沙伸手要馅饼,他们就给他一小块。他吃着,瞧保姆喝酒。他也想喝。

"给我喝! 保姆,给我喝!"他要求道。

厨娘拿着酒杯让他喝一口。他瞪大眼睛,皱起眉头,咳嗽起来,后来又不住地摆手。厨娘瞧着他,笑了。

格利沙回到家里,就对妈妈,对墙壁,对床架,讲起他到过什么地方,见过什么东西。他与其说是用舌头讲,不如说是用他的脸和手讲。他述说太阳多么明亮,马怎样跑,可怕的炉灶像什么样子,厨娘怎样

镜 子 集

喝酒。……

晚上他怎么也睡不着。那些胳肢窝底下夹着桦条帚的兵啦,大猫啦,马啦,碎玻璃片啦,放着橙子的小盆啦,发亮的纽扣啦,合成一大堆,压在他的脑子里,他不住地翻身,嘴里念念叨叨,最后受不住内心的激动,哭起来了。

"你发烧了!"妈妈伸出手摸摸他的额头,说,"这是怎么搞的?"

"炉子!"格利沙哭道,"你走开,炉子!"

"大概是吃多了……"妈妈断定。

格利沙刚经历到的新生活里的许多印象快要把他的脑子胀破了,可是这时候妈妈却给他灌下了一调羹蓖麻子油。

草　原

游　记

一

七月里一天清早,有一辆没有弹簧的、破旧的带篷马车驶出某省的某县城,顺着驿路轰隆隆地滚动着,像这种非常古老的马车眼下在俄罗斯只有商人的伙计、牲口贩子、不大宽裕的神甫才肯乘坐。车子稍稍一动就要吱吱嘎嘎响一阵,车后拴着的桶子也来闷声闷气地帮腔。单听这些声音,单看挂在外层剥落的车身上那些寒伧的碎皮子,人就可以断定这辆车子已经老朽,随时会散成一片片了。

车上坐着那个城里的两个居民,一个是城里的商人伊万·伊万内奇·库兹米乔夫,胡子剃光,脸上戴着眼镜,头上戴着草帽,看样子与其说像商人,倒不如说像文官,还有一个是神甫赫利斯托福尔·西里斯基,县里圣尼古拉教堂的主持人,也是个小老头子,头发挺长,穿一件灰色的帆布长外衣,戴一顶宽边大礼帽,拦腰系一根绣花的彩色带子。商人在聚精会神地想心事,摇着头,为的是赶走睡意。在他脸上,那种习常的、正正经经的冷淡表情正在跟刚同家属告别、痛痛快快喝过一通酒的人的温和表情争执不下。神甫呢,用湿润的眼睛惊奇地注视着上帝的世界,他的微笑洋溢开来,好像连帽边也挂上了笑。他脸色挺红,仿佛挨了冻一样。他俩,赫利斯托福尔神甫和库兹米乔夫,现在正坐着车子去卖羊毛。刚才跟家人告别,他们饱吃了一顿奶油面包,虽然是大清早,却喝了几盅酒……两个人的心绪都好得很。

除了刚描写过的那两个人和拿鞭子不停地抽那一对脚步轻快的栗色马的车夫杰尼斯卡以外,车上还有一个旅客,那是个九岁的男孩,他的脸给太阳晒得黑黑的,沾着泪痕。这是叶戈鲁什卡①,库兹米乔夫的外甥。承舅舅许可,又承赫利斯托福尔神甫好心,他坐上车子要到一个什么地方去进学校。他妈妈奥莉迦·伊万诺芙娜是一个十品文官的遗孀,又是库兹米乔夫的亲姐姐,喜欢念过书的人和上流社会,托她兄弟出外卖羊毛的时候顺便带着叶戈鲁什卡一路去,送他上学。现在这个男孩自己也不知道自己上哪儿去,为什么要去,光是坐在车夫的座位上,挨着杰尼斯卡,抓住他的胳膊肘,深怕摔下去。他的身子跳上跳下,像是放在茶炊顶盖上的茶壶。

---

① 叶戈鲁什卡和下文的叶戈尔卡都是叶戈尔的爱称。

由于车子走得快,他的红衬衫的背部鼓起来,像个气泡。他那顶新帽子插着一根孔雀毛,像是车夫戴的帽子,不住地溜到后脑壳上去。他觉得自己是个最不幸的人,恨不得哭一场才好。

马车路过监狱,叶戈鲁什卡瞧了瞧在高高的白墙下面慢慢走动的哨兵,瞧了瞧钉着铁格子的小窗子,瞧了瞧在房顶上闪光的十字架,想起来上个星期在喀山圣母节他跟妈妈一块儿到监狱教堂去参加守护神节典礼,又想起来那以前在复活节他跟厨娘柳德米拉和杰尼斯卡一块儿到监狱去过,把复活节的面包、鸡蛋、馅饼、煎牛肉送给犯人们,犯人们就道谢,在胸前画十字,其中有个犯人还把亲手做的一副锡袖扣送给叶戈鲁什卡呢。

这个男孩凝神瞧着那些熟地方,可恨的马车却飞也似地跑过去,把它们全撇在后面了。在监狱后面,那座给烟熏黑的打铁店露了露头,再往后去是一个安适的绿色墓园,周围砌着一道圆石子墙。白十字架和白墓碑快活地从墙里面往外张望。它们掩藏在苍翠的樱桃树中间,远远看去像是些白斑点。叶戈鲁什卡想起来每逢樱桃树开花,那些白斑点就同樱桃花混在一起,化成一片白色的海洋。等到樱桃熟透,白墓碑和白十字架上就点缀了许多紫红的小点儿,像血一样。在围墙里的樱桃树荫下,叶戈鲁什卡的父亲和祖母季娜伊达·丹尼洛芙娜一天到晚躺在那儿。祖母去世后,装进一口狭长的棺材,用两个五戈比的铜板压在她那不肯合起来的眼睛上。在她去世以前,她是活着的,常从市场上买回松软的面包,上面撒着罂粟籽。现在呢,她睡了,睡了……

墓园后面有一个造砖厂在冒烟。从那些用茅草铺盖的、仿佛紧贴在地面上的长房顶下面,一大股一大股浓重的黑烟冒出来,懒洋洋地升上去。造砖厂和墓园上面的天空一片阴暗,一股股烟子投下的大阴影爬过田野和道路。有些人和马在那些房顶旁边的烟雾里走动,周身扑满红灰……

镜 子 集

到造砖厂那儿,县城算是到了尽头,这以后就是田野了。叶戈鲁什卡向那座城最后看了一眼,拿脸贴着杰尼斯卡的胳膊肘,哀哀地哭起来……

"哼,还没嚎够,好哭鬼!"库兹米乔夫说,"又一把鼻涕一把眼泪了,娇孩子!既是不想去,就别去。谁也没有硬拉着你去!"

"得了,得了,叶戈尔小兄弟,得了……"赫利斯托福尔神甫很快地唠叨着说,"得了,小兄弟……求主保佑吧……你这一去,又不是于你有害,而是于你有益。俗话说得好:学问是光明,愚昧是黑暗……真是这样的。"

"你想回去吗?"库兹米乔夫问。

"想……想……"叶戈鲁什卡呜咽着,回答说。

"那就回去吧。反正你也是白走一趟,正好应了那句俗话:为了吃一匙果冻,赶了七里路。"

"得了,得了,小兄弟……"赫利斯托福尔神甫接着说,"求主保佑吧……罗蒙诺索夫①当初也是这样跟渔夫一块儿出门,后来却成了名满欧洲的人物。智慧跟信仰合在一块儿,就会结出上帝所喜欢的果实。祷告词上是怎样说的? 荣耀归于创世主,使我们的双亲得到安慰,使我们的教堂和祖国得益……就是这样的。"

"那益处往往并不一样……"库兹米乔夫说,点上一支便宜的雪茄烟,"有的人念上二十年书,也还是没念出什么道理来。"

"这种事也是有的。"

"学问对有些人是有益处,可是对另一些人,反倒搅乱了他们的脑筋。我姐姐是个不懂事的女人,她一心要过上流人那种日子,想把叶戈尔卡栽培成一个有学问的人,却不明白我可以教叶戈尔卡做我这行生意,美满地过上一辈子。我干脆跟你说吧:要是人人都去

---

① 罗蒙诺索夫(1711—1765),俄国启蒙运动杰出的倡导者,科学家和诗人,出身于渔民家庭。

求学,想做上流人,那就没有人做生意,种庄稼了。大家就都要饿死了。"

"不过要是人人都做生意,种庄稼,那就没有人懂得学问了。"

库兹米乔夫和赫利斯托福尔神甫想到双方都说了一句叫人信服的、有分量的话,就做出严肃的面容,一齐嗽了嗽喉咙。杰尼斯卡听他们讲话,一个字也没听懂,就摇摇头,微微欠起身子,拿鞭子抽那两匹栗色马。随后是沉默。

这当儿,旅客眼前展开一片平原,广漠无垠,被一道连绵不断的冈峦切断。那些小山互相挤紧,争先恐后地探出头来,合成一片高地,在道路右边伸展出去,直到地平线,消失在淡紫色的远方。车子往前走了又走,却无论如何也看不清平原从哪儿开的头,到哪儿为止……太阳已经从城市后面探出头来,正悄悄地、不慌不忙地干它的活儿。起初他们前面,远远的,在天地相接的地方,靠近一些小坟和远远看去像是摇着胳膊的小人一样的风车的地方,有一道宽阔而耀眼的黄色光带沿地面爬着,过一会儿,这道光带亮闪闪地来得近了一点,向右爬去,搂住了群山。不知什么温暖的东西碰到了叶戈鲁什卡的背脊。原来有一道光带悄悄从后面拢过来,掠过车子和马儿,跑过去会合另一条光带。忽然,整个广阔的草原抖掉清晨的朦胧,现出微笑,闪着露珠的亮光。

割下来的黑麦、杂草、大戟草、野麻,本来都晒得枯黄,有的发红,半死不活,现在受到露水的滋润,遇到阳光的爱抚,活转来,又要重新开花了。小海雀在大道上面的天空中飞翔,快活地叫唤。金花鼠在青草里互相打招呼。左边远远的,不知什么地方,凤头麦鸡在哀叫,一群山鹑被马车惊动,拍着翅膀飞起来,柔声叫着"特尔尔尔",向山上飞去。螽斯啦、蟋蟀啦、蝉啦、蝼蛄啦,在草地里发出一阵阵吱呀吱呀的单调乐声。

可是过了一会儿,露水蒸发了,空气停滞了,被欺骗的草原现出七月里那种无精打采的样子,青草耷拉下来,生命停止了。太阳晒着的群山,现出一片墨绿色,远远看去呈浅紫色,带着影子一样的宁静情调;平原,朦朦胧胧的远方,再加上像拱顶那样笼罩一切,在没有树木、没有高山的草原上显得十分深邃而清澄的天空,现在都显得无边无际,愁闷得麻木了……

多么气闷,多么扫兴啊!马车往前跑着,叶戈鲁什卡看见的却老是那些东西:天空啦,平原啦,矮山啦……草地里的乐声静止了。小海雀飞走,山鹑不见了。白嘴鸦闲着没事干,在凋萎的青草上空盘旋,它们彼此长得一样,使得草原越发单调了。

一只老鹰贴近地面飞翔,均匀地扇动着翅膀,忽然在空中停住,仿佛在思索生活的乏味似的,然后拍起翅膀,箭也似的飞过草原,谁也说不清它为什么飞,它需要什么。远处,一架风车在摇着翼片……

为了添一点变化,杂草里偶尔闪出一块白色的头盖骨或者鹅卵石。时不时地现出一块灰色的石像,或者一棵干枯的柳树,树梢上停着一只蓝色的乌鸦。一只金花鼠横窜过大道,随后,在眼前跑过去的,又只有杂草、矮山、白嘴鸦。……

可是,末后,感谢上帝,总算有一辆大车载着一捆捆的庄稼迎面驶来。大车顶上躺着一个姑娘。她带着睡意,热得四肢无力,抬起头来,看一看迎面来的旅客。杰尼斯卡对她打个呵欠,栗色马朝那些粮食伸出鼻子去。马车吱吱嘎嘎响着,跟大车亲一个嘴,带刺的麦穗像笤帚似的扫过赫利斯托福尔神甫的帽子。

"你把车子赶到人家身上来了,胖丫头!"杰尼斯卡叫道,"嘿,好肥的脸蛋儿,好像给黄蜂螫了似的!"

姑娘带着睡意微笑,动了动嘴唇,却又躺下去了……这时候山上出现一棵孤零零的白杨树。这是谁种的?它为什么生在那儿?上帝才知道。要想叫眼睛离开它那苗条的身材和绿色的衣裳,却是困难的。这个美人儿幸福吗?夏天炎热,冬天严寒,大风大雪,到了可怕的秋夜,只看得见黑暗,除了撒野的怒号的风以外什么也听不见,顶糟的是一辈子孤孤单单……过了那棵白杨树,一条条麦田从大道直伸到山顶,如同耀眼的黄地毯一样。山坡上的麦子已经割完,捆成一束束,山麓的麦田却刚在收割……六个割麦人站成一排,挥动镰刀,镰刀明晃晃地发亮,一齐合着拍子发出"夫希!夫希!"的声音。从捆麦子的农妇的动作,从割麦人的脸色,从镰刀的光芒可以看出溽暑烘烤他们,使他们透不出气来。一条黑狗吐出舌头从割麦人那边迎着马车跑过来,多半想要吠叫一阵吧,可是跑到半路上却站住,淡漠地看那摇着鞭子吓唬它的杰尼斯卡。天热得狗都不肯叫了!一个农妇直起腰来,把两只手放到酸痛的背上,眼睛盯紧叶戈鲁什卡的红布衬衫。究竟是衬衫的红颜色中了她的意呢,还是使她想起了她的子女,那就不知道了,总之,她站在那儿一动也不动,呆呆地瞧了他很久……

可是这时候麦田过去了。眼前又伸展着干枯的平原、太阳晒着的群山、燥热的天空。又有一只老鹰在地面上空飞翔。远处,跟先前一样,一架风车在转动叶片，看上去仍旧像是一个小人在摇胳膊。老这么瞧着它怪腻味的，仿佛永远走不到它跟前似的，又仿佛它躲着马车，往远处跑去了。

赫利斯托福尔神甫和库兹米乔夫一声也不响。杰尼斯卡不时拿鞭子抽枣红马，向它们嚷叫。叶戈鲁什卡不再哭了，冷淡地瞧着四周。炎热和草原的单调弄得他没精神了。他觉得好像已经坐着车走了很久，颠动了很久，太阳把他的背烤了很久似的。他们还没走出十俄里，他就已经在想："现在总该停下来休息了！"舅舅脸上的温和表情渐渐消失，只留下正正经经的冷漠，特别是在他脸上戴着眼镜，鼻子和鬓角扑满灰尘的时候，总是给那张刮光胡子的瘦脸添上凶狠无情像拷问者一样的神情。赫利斯托福尔神甫却一直不变，始终带着惊奇的神情瞧着上帝创造的这个世界，微微笑着。他一声不响，正在思忖什么快活而美好的事情，脸上老是带着善意的温和笑容。仿佛美好快活的思想也借了热力凝固在他的脑袋里似的……

镜 子 集

"喂,杰尼斯卡,今天我们追得上那些货车队吗?"库兹米乔夫问道。

杰尼斯卡瞧了瞧天空,欠起身子拿鞭子抽马,然后才答道:

"到夜里,要是上帝高兴,我们就会追上……"

传来狗叫的声音,六条草原上的高大的看羊狗,仿佛本来埋伏着,现在忽然跳出来,凶恶地吼叫着,朝着马车跑来。它们这一伙儿都非常凶,生着毛茸茸的、蜘蛛样的嘴脸,眼睛气得发红,把马车团团围住,争先恐后地挤上来,发出一片嘶哑的吼叫声。它们满心是恨,好像打算把马儿、马车、人一齐咬得粉碎似的……杰尼斯卡素来喜欢耍弄狗,喜欢拿鞭子抽狗,一看机会来了,高兴得很,脸上露出幸灾乐祸的表情,弯下腰去,挥起鞭子抽打着看羊狗。那些畜生叫得更凶了,马儿仍旧飞跑。叶戈鲁什卡好不容易才在座位上坐稳,他眼望着狗的眼睛和牙齿,心里明白:他万一摔下去,它们马上就会把他咬得粉碎。可是他并不觉得害怕,他跟杰尼斯卡一样幸灾乐祸地瞧着它们,惋惜自己手里没有一根鞭子。

马车碰到了一群绵羊。

"站住!"库兹米乔夫叫道,"拉住缰!吁!……"

杰尼斯卡就把全身往后一仰,勒住枣红马。马车停了。

"走过来!"库兹米乔夫对牧羊人叫道,"把狗喊住,这些该死的东西!"

老牧羊人衣服破烂,光着脚,戴着一顶暖和的帽子,腰上挂着一个脏包袱,手里拄一根尖端有个弯钩的长拐杖,活像《旧约》上的人物。他喊住狗,脱下帽子,走到马车跟前。另一个同样的《旧约》上的人物一动不动地站在羊群的另一头,漠不关心地瞅着这些旅客。

"这群羊是谁的?"库兹米乔夫问道。

"瓦尔拉莫夫的!"老人大声回答。

"瓦尔拉莫夫的!"站在羊群另一头的牧羊人也这样说。

镜　子　集

"昨天瓦尔拉莫夫从这条路上经过没有？"

"没有……老爷……他的伙计路过这里来着,这是实在的……"

"赶车走吧！"

马车往前驶去,牧羊人和他们的恶狗留在后面了。叶戈鲁什卡不高兴地瞧着前面淡紫色的远方,渐渐觉得那摇动翼片的风车好像近一点了。那风车越来越大,变得十分高大,已经可以看清它的两个翼片了。一个翼片旧了,打了补丁,另一个是前不久用新木料做的,在太阳底下亮闪闪的。

马车一直往前走。风车却不知为什么,往左边退下去。他们走啊走的,风磨一个劲儿往左退,不过没有消失,还是看得见。

"博尔特瓦替儿子开了一个多好的磨坊呀！"杰尼斯卡说。

"怎么看不见他的庄子？"

"庄子在那边,在山沟后边。"

博尔特瓦的庄子很快就出现了,可是风车还是没有往后退,还是没有留在后面。仍旧用它那发亮的翼片瞅着叶戈鲁什卡,不住地摇动。好一个魔法师!

二

天近中午,马车离开大道,往右拐弯,缓缓地走了几步,站住了。叶戈鲁什卡听到一种柔和的、很好听的淙淙声,觉得脸上碰到一股不同的空气,像是一块凉爽的天鹅绒。前面是大自然用奇形怪状的大石头拼成的小山,水从那里通过不知哪位善人安在那儿的一根用鼠芹做成的小管子流出来,成为一股细流。水落到地面上,清澈,欢畅,在太阳下面发亮,发出轻微的淙淙声,很快地流到左面什么地方去,好像自以为是一条汹涌有力的激流似的。离小山不远的地方,这条小溪变宽,成了一个小水池。炽热的阳光和干焦的土地贪馋地喝着池里的水,吸尽了它的力量。可是再过去一点,那小水池大概跟另一条这样的小溪会合了,因为离小山百步开外,沿着那条小溪,长着稠密茂盛的薹草,一片苍翠。马车驶过去的时候,从那里面飞出三只鹬来,啾啾地叫。

旅客在溪边下车休息,喂马。库兹米乔夫、赫利斯托福尔神甫、叶戈鲁什卡,在马车和卸下来的马所投射的淡淡阴影里铺好一条毡子,坐下吃东西。借了热力凝固在赫利斯托福尔神甫脑袋里的美好快活的思想,在他喝了一点水、吃了一个熟鸡蛋以后,就要求表达出来。他朝叶戈鲁什卡亲热地看一眼,嘴里嚼着,开口了:

"我自己也念过书,小兄弟。从很小的年纪起,上帝就赐给我思想和观念,因而我跟别人不一样,还只有你这样大的时候就已经凭了我的才智给爹娘和教师不少安慰了。我没满十五岁就会讲拉丁语,用拉丁文做诗,跟讲俄语、用俄文做诗一样好。我记得我做过主教赫利斯托福尔的执权杖的侍从。有一次,我现在还记得那是已故的、最最虔诚的亚历山大·帕夫洛维奇皇上的命名日,主教做完弥撒,在祭坛上脱掉法衣,亲切地看着我,问道:'Puer boen, quam appellaris?'①我回答:'Christophorus Sum.'②他就说:'Ergo connominati summus.'那是说,我们是同名的人……然后他用拉丁语问:'你是谁的儿子?'我也用拉丁语回答说,我是列别金斯克耶村的助祭西利伊斯基的儿子。他老人家看见我对答如流,而又清楚,就为我祝福,说:'你写信告诉你父亲,说我不会忘记提拔他,也会好好照应你。'站在祭坛上的大司祭和神甫们听见我们用拉丁语谈话,也十分惊奇,人人称赞我,都很满意。小兄弟,我还没生胡子就已经会读拉丁文、希腊文、法文的书籍,学过哲学、数学、俗世的历史和各种学科了。上帝赐给我的记性可真惊人。一篇文章我往往只念过两遍,就背得出来。我的教师和保护人都奇怪,料着我将来会成

---

① 拉丁语:好孩子,你叫什么名字?
② 拉丁语:我叫赫利斯托福尔。

为一个大学者,成为教会的明灯。我自己也真打算到基辅去继续求学,可是爹娘不赞成。'你想念一辈子的书,'我爹说,'那我们要等到你什么时候呢?'听到这些话,我就不再念书,而去找事做了。当然,我没成为学者,不过呢,我没忤逆爹娘,到他们老年给了他们安慰,给他们很体面地下了葬。听话,比持斋和祷告更要紧呢!"

"您那些学问现在恐怕已经忘光了吧!"库兹米乔夫说。

"怎么会不忘光?谢谢上帝,我已经七十多岁了!哲学和修辞学我多少还记得一点,可是外国语和数学我都忘光了。"

赫利斯托福尔神甫眯细眼睛,沉思一下,低声说:

"本体是什么?本体是自在的客体,不需要别的东西来完成它。"

他摇摇头,感动地笑了。

"精神食粮!"他说,"确实,物质滋养肉体,精神食粮滋养灵魂啊!"

"学问归学问,"库兹米乔夫叹道,"不过要是我们追不上瓦尔拉莫夫,学问对于我们也就没有多大好处了。"

"人又不是针,我们总会找到他的。现在他正在这一带转来转去。"

他们先前见过的那三只鹬,这时候在薹草上面飞着,在它们啾啾的叫声中可以听出惊慌和烦恼的调子,因为人家把它们从小溪那儿赶走了。马庄重地咀嚼着,喷着鼻子。杰尼斯卡在它们身旁走来走去,极力装得完全没理会主人们正在吃的黄瓜、馅饼、鸡蛋,一心一意地扑打那些粘满马背和马肚子的马虻和马蝇。他无情地拍死那些受难者,喉咙里发出一种特别的、又恶毒又得意的声音。每逢没打中,他就烦恼地噢一噢喉咙,盯住那只运气好、逃脱了死亡的飞虫。

"杰尼斯卡,你在那儿干什么!来吃东西啊!"库兹米乔夫说,深深地吁一口气,那意思是说,他已经吃饱了。

杰尼斯卡忸怩地走到毡子跟前,拿了五根又粗又黄、俗语所说的"老黄瓜"(他不好意思拿细一点儿、新鲜一点儿的),拿了两个颜色发黑、裂了口的煮鸡蛋,然后犹犹豫豫、仿佛担心自己伸出去的手会挨打似的,手指头碰了碰甜馅饼。

"拿去吧,拿去吧!"库兹米乔夫催他说。

杰尼斯卡坚决地拿起馅饼,走到旁边远一点的地方,在地上坐下,背对着马车。马上传来了非常响的咀嚼声,连马也回转头去怀疑地瞧了瞧杰尼斯卡。

吃完饭,库兹米乔夫从马车上拿下一个装着什么东西的袋子,对叶戈鲁什卡说:

"我要睡了,你小心看好,别让人家从我脑袋底下把这袋子抽了去。"

赫利斯托福尔神甫脱掉法衣,解了腰带,脱下长外衣,叶戈鲁什卡瞧着他,惊呆了。他怎么也没料到神甫也穿裤子,赫利斯托福尔却穿着帆布裤子,裤腿掖在高统靴子里,还穿着一件花粗布的又短又瘦的上衣。叶戈鲁什卡瞧着他,觉得他穿着这身跟他尊严的地位很不相称的衣服,再配上他的长头发和长胡子,看上去很像鲁滨孙·克鲁梭①。库兹米乔夫和赫利斯托福尔神甫脱下外衣,面对面在马车下面的阴影里躺下来,闭上眼睛。杰尼斯卡嚼完吃食,在太阳地里仰面朝天躺下,也闭上眼睛。

"小心看好,别让人家把马牵去!"他对叶戈鲁什卡说,立刻就睡着了。

一片沉静。什么声音也没有,只听见马在喷鼻子、嚼吃食,睡觉的人在打鼾。远处不知什么地方,有一只凤头麦鸡在悲鸣。有时候,那三只鹬发出啾啾的叫声,飞过来看一看这些不速之客走了没有。溪水潺潺地流着,声音轻柔温和,不过这一切并没有打破寂静,也没有惊动停滞的空气,反倒使得大自然昏昏睡去了。

---

① 英国文学家笛福(1661—1731)所著《鲁滨孙漂流记》中的主人公。

镜 子 集

叶戈鲁什卡吃过东西以后觉得天气特别闷热,热得喘不过气来,就跑到薹草那边去,在那儿眺望左近一带地方。他这时候看见的跟早晨看见的一模一样,无非是平原啦、矮山啦、天空啦、淡紫色的远方啦。不过山近了一点,风车不见了,它已经远远地落在后面了。在流出溪水的那座乱石山背后,耸起另一座小山,平得多,也宽得多。山上有一个不大的村子,住着五六户人家。在那些农舍四周,看不见有人,有树,有阴影,仿佛那村子在炎热的空气中透不出气来,正在干枯似的。叶戈鲁什卡没有事可干,就在青草里捉住一只蟋蟀,把它放在空拳头里,送到耳朵旁边,听那东西奏它的乐器,听了很久。等到听腻它的音乐,他就去追一群黄蝴蝶,那群蝴蝶往薹草中间牲畜饮水的地方飞去。他追啊追的,自己也没有留意又回到马车旁边来了。他舅舅和赫利斯托福尔神甫睡得正酣,他们一定还要睡两三个钟头,等马休息过来为止……他怎样打发这么长的一段时间呢?他上哪儿去躲一躲炎热呢?真是个难题……叶戈鲁什卡不由自主地把嘴凑到水管口上接那流出来的水;他的嘴里一阵清凉,并且有鼠芹的味道。起初,他起劲地喝,后来就勉强了,他一直喝到一股尖锐的清凉感觉从他的嘴里散布到全身,水浇湿了他的衬衫才罢休。然后他走到马车跟前,端详那些睡熟的人。舅舅的脸跟往常一样现出正正经经的冷淡表情。库兹米乔夫热中于自己的生意,因此哪怕在睡梦中或者在教堂里做祷告,听人家唱"他们啊小天使"的时候,也总是想着自己的生意,一刻也忘不掉,现在他多半梦见了一捆捆羊毛、货车、价钱、瓦尔拉莫夫……赫利斯托福尔神甫呢,是个温和的、随随便便的、喜欢说笑的人,一辈子也没体会到有什么事业能够像蟒蛇那样缠住他的灵魂。在他生平干过的为数众多的行业中,吸引他的倒不是行业本身,而是从事各种行业所必需的奔忙以及跟人们的周旋。因此,在眼前这次远行中,使他发生兴趣的并不是羊毛、瓦尔拉莫夫、价钱,而是长长的旅程、路上的谈天、马车底下的安睡、不按时间的进餐……现在,从他的脸容看来,他梦见的一定是主教赫利斯托福尔、拉丁语的谈话、他的妻子、奶油面包以及库兹米乔夫绝不会梦见的种种东西。

叶戈鲁什卡正在瞧他们那睡熟的脸容,不料听见了轻柔的歌声。远处不知什么地方,有个女人在唱歌,至于她究竟在哪儿,在哪个方向,却说不清。歌声低抑,冗长,悲凉,跟挽歌一样,听也听不清楚,时而从右边传来,时而从左边传来,时而从上面传来,时而从地下传来,仿佛有个肉眼看不见的幽灵在草原上空飞翔和歌唱。叶戈鲁什卡看一看四周,闹不清古怪的歌声是从哪儿来的。后来他仔细一听,觉得必是青草在唱歌。青草半死不活,已经凋萎,它的歌声中没有歌词,然而悲凉恳切地向什么人述说着,讲到它自己什么罪也没有,太阳却平白无故地烧烤它。它口口声声说它热烈地想活下去,它还年轻,要不是因为天热,天干,它会长得很漂亮,它没罪,可是它又求人原谅,还赌咒说它难忍难挨地痛苦,悲哀,可怜自己……

叶戈鲁什卡听了一阵,觉得这悲凉冗长的歌声好像使得空气更闷,更热,更停滞了……为了要盖没这歌声,他就哼着歌儿,使劲顿着脚跑到薹草那儿去。在那儿,他往四面八方张望,这才看见了唱歌的人。在小村尽头一个农舍附近,站着一个农妇,穿一件短衬衣,腿脚挺长,跟苍鹭一样,正在筛什么东西,她的筛子底下有一股白色的粉末懒洋洋地顺着山坡洒下来。现在看得明白,就是她在唱歌。离她一俄丈远,站着一个没戴帽子,穿一件女衬衣的小男孩,一动也不动。他仿佛给歌声迷住了似的,呆站在那里,瞧着下面什么地方,大概在瞧叶戈鲁什卡的红衬衫吧。

歌声中止了。叶戈鲁什卡溜达着走回马车这边来,没什么事可干,又到流水的地方喝水去了。

又传来了冗长的歌声。还是山那边村子里那个长腿的农妇唱的。叶戈鲁什卡的烦闷无聊的心情忽然又回来了。他离开水管,抬头往上看。他这一看,真是出乎意外,不由得有点惊慌。原来他脑袋的上方,在一块笨重的大石头上，站着个胖乎乎的小男孩，只穿一件衬衫，鼓起大肚子，两腿很细，就是原先站在农妇旁边的那个男孩。他张大嘴，眼也不眨地瞧着叶戈鲁什卡的红布衬衫和马车，眼光里带着呆滞的惊奇，甚至带着点恐怖，仿佛眼前看见的是从另一个世界来的鬼魂。衬衫的红颜色引诱他，打动他的心。马车和睡在马车底下的人勾起他的好奇心。也许他自己也没觉得那好看的红颜色和好奇心把他从小村子里引下来，这时候他大概在奇怪自己胆子大吧。叶戈鲁什卡瞧了他很久，他也瞧了叶戈鲁什卡很久。他俩一声不响，觉得有点别扭。沉默很久以后，叶戈鲁什卡问：

"你叫什么名字？"

陌生的孩子的脸颊比先前更往外鼓。他把背贴着石头，睁大眼睛，努动嘴唇，用沙哑的低音回答说：

"基特！"

两个孩子彼此没有再说话。神秘的基特又沉默了一阵，然后仍旧拿眼睛盯紧叶戈鲁什卡，同时用脚后跟摸索到一块可以下脚的地方,顺势登到石头上,从那儿他一面往后退,一面凝神瞧着叶戈鲁什卡,好像害怕他会从背后打他似的。他又登上一块石头,照这样一路爬上去,直到爬过山顶,完全看不见了为止。

叶戈鲁什卡用眼睛送走他以后,伸出胳膊搂着膝盖,低下了头……炎阳晒着他的后脑壳、脖子、背脊。悲凉的歌声一会儿消失,一会儿又在停滞而闷热的空气里飞过。小溪单调地淙淙响,马嚼吃食,时间无穷无尽地拖下去,好像也呆住不动了似的。仿佛从早晨到现在,已经过了一百年……难道上帝要叫叶戈鲁什卡、马车、马儿,在这空气里呆住,跟那些山似的变成石头,永远定在一个地方?

叶戈鲁什卡抬起头来,用无精打采的眼睛看着前面;淡紫色的远方在这以前原本稳稳不动,现在却摇晃起来,随同天空一齐飞到更远的什么地方去了……它顺带把棕色的野草、薹草拉走,叶戈鲁什卡跟在奔跑的远方的后面非常快地追着。有一种力量一声不响地拖着他不知往什么地方去,炎热和使人烦闷的歌声在后面追随不舍。叶戈鲁什卡垂下头,闭上了眼睛……

杰尼斯卡第一个醒过来。不知什么东西螫了他一下,因而他跳起来,急忙搔自己的肩膀,说:

"该死的鬼东西!巴不得叫你咽了气才好!"

然后他走到溪旁,喝饱水,洗了很久的脸。他的喷气声和泼水声把叶戈鲁什卡从昏睡中惊醒。男孩瞧着他那挂着一颗颗水珠、点缀着大雀斑、像大理石一样的湿脸,问道:

"我们马上要走了?"

杰尼斯卡看一眼高高挂在天空的太阳,回答道:

"大概马上就要走了。"

他用衬衫的下襟擦干脸,做出很严肃的脸相,用一条腿跳来跳去。

"来,看咱俩谁先跑到蓼草那儿!"他说。

叶戈鲁什卡给炎热和困倦弄得一点劲儿也没有,可是他还是跟着他跳。杰尼斯卡已经将近二十岁,当了马车夫,就要结婚了,可是还没脱尽孩子气。他很喜欢放风筝,放鸽子,玩羊拐,追人,老是加入孩子们的游戏和争吵。只要主人一走开,或者睡了,杰尼斯卡就玩起来,比如用一条腿跳啊,丢石子啊。凡是成年人,看见他真心诚意、十分入迷地跟大孩子们一起蹦蹦跳跳,谁也忍不住要说:"好一个蠢材!"孩子们呢,看见这个大车夫闯进他们的世界里来,却不觉得奇怪:让他来玩好了,只要不打架就成!这就好比小狗看见一只热心的大狗跑过来,开始跟它们一块儿玩耍,它们也不会觉着有什么可奇怪的。

杰尼斯卡赶过了叶戈鲁什卡,而且分明因此很满意。他眨了眨眼,为了夸耀自己可以用一条腿跳到随便多么远去,就向叶戈鲁什卡提议要不要顺着大路跳,然后一刻也不休息,再从大路上跳回马车这边来。叶戈鲁什卡谢绝了他的提议,因为他喘得厉害,一点劲儿也没有了。

忽然,杰尼斯卡做出很庄重的脸色,就连库兹米乔夫骂他或者向他摇手杖的时候,他都没有这样过。他注意地听着,悄悄地屈一个膝头跪下去,他的脸上现出严厉和惊恐的表情,人只有在听到异教邪说的时候才会有那样的表情。他用眼睛盯紧一个地方,慢慢地抬起一只手来握成一个空拳头,忽然扑下去,肚子贴着地面,空拳头扣在青草上。

"逮住了!"他得意地喘着气说,站起来,把一只大螽斯举到叶戈鲁什卡眼前。

叶戈鲁什卡和杰尼斯卡用手指头摸了摸螽斯那宽阔的绿背,碰一碰它的触须,以为这样会使得它感到舒服。然后杰尼斯卡捉到一个吸足了血的肥马蝇,送给螽斯吃。螽斯爱理不理,好像跟杰尼斯卡早就相熟一样,活动着像护眼甲那样的大下巴,一口咬掉了马蝇的肚子。他们放了螽斯。它把翅膀的粉红色里层闪了一闪,跳进草里去了,立刻唧唧地唱起歌来。他们把马蝇也放了。它张开翅膀,尽管没有肚子,却仍旧飞到马身上去了。

马车底下传来深长的叹气声。那是库兹米乔夫醒来了。他连忙抬起头来,不安地瞧一瞧远方,他的眼光漠不关心地掠过叶戈鲁什卡和杰尼斯卡;从他的眼光看得出,他一醒来就想起了羊毛和瓦尔拉莫夫。

"赫利斯托福尔神甫,起来,到时候了!"他着急地说,"别睡了,已经睡得误了事!杰尼斯卡,套上马!"

赫利斯托福尔神甫醒来,脸上仍旧带着睡熟时候的笑容。他睡过一觉,脸上起了很多皱纹,以致他的脸好像缩小了一半似的。洗完脸,穿好衣服以后,他不慌不忙地从衣袋里拿出一本又小又脏的《诗篇》来,脸朝东站着,低声念起来,在胸前画十字。

"赫利斯托福尔神甫!"库兹米乔夫责备地说,"该走了,马已经套好,您呢,真是的……"

"马上就完,马上就完……"赫利斯托福尔神甫嘟哝着说,"圣诗总得念……今天还没念过呢。"

"留着以后再念也可以嘛。"

"伊万·伊万内奇,这是我每天的规矩……不能不念。"

"上帝不会惩罚您的。"

赫利斯托福尔神甫脸朝东,一动也不动地站了足足一刻钟,努动嘴唇;库兹米乔夫几乎带着痛恨的神情瞧着他,不耐烦地耸动着肩膀。特别惹他冒火的是,赫利斯托福尔神甫每次念完赞美辞总要吸进一口气,很快地在身上画十字,而且故意提高声音连念三次,好叫别人也在身上画十字:"阿利路亚①,阿利路亚,阿利路亚!赞美吾主!"

末后,赫利斯托福尔神甫微微一笑,抬起眼睛望着天空,把《诗篇》放回口袋里,说:

"Fini!"②

过了一分钟,马车在大道上走动起来。马车仿佛在往回走,不是往前走似的,旅客们看见的景致跟中午以前看见的一模一样。群山仍旧深藏在紫色的远方,

---

① 犹太教习用的欢呼语,后为基督教沿用,意为"赞美上帝"。
② 拉丁文:完了!

看不见它们的尽头。眼前不住地闪过杂草和石头。一片片残梗断株的田地掠过去,然后仍旧是些白嘴鸦,仍旧是一只庄重地拍着翅膀、在草原上空盘旋的鹞鹰。由于炎热和沉静,空气比先前更加停滞了。驯顺的大自然在沉静中麻木了……没有风,没有欢畅新鲜的声音,没有云。

可是末后,等到太阳开始西落,草原、群山、空气却已经受不了压迫,失去耐性,筋疲力尽,打算挣脱身上的枷锁了。出乎意外,一团蓬松的、灰白的云从山后露出头来。它跟草原使了个眼色,仿佛在说:"我准备好了。"天色就阴下来了。忽然,在停滞的空气里不知有什么东西爆炸开来;猛然刮起一阵暴风,在草原上盘旋,号叫,呼啸。立刻,青草和去年的枯草发出怨诉声,灰尘在大道上卷成螺旋,奔过草原,一路裹走麦秸、蜻蜓、羽毛,像是一根旋转的黑柱子,腾上天空,遮暗了太阳。在草原上,四面八方,风滚草跟跟跄跄,跳跳蹦蹦奔跑不停,其中有一株给旋风裹住,跟小鸟那样盘旋着,飞上天空,变成一个黑斑点,不见了。这以后,又有一株飞上去,随后第三株飞上去,叶戈鲁什卡看见其中两株在蓝色的高空碰在一起,互相扭住,仿佛在角力似的。

大道旁边有一只小鸨在飞。它拍着翅膀,扭动尾巴,浸在阳光里,看样子像是钓鱼用的那种小鱼形的金属鱼钩,或者像一只池塘上的小蝴蝶,在掠过水面的时候,翅膀和触须分不清楚,好像前后左右都生出了触须……小鸨在空中颤抖,好像一只昆虫,现出花花绿绿的颜色,直线样飞上高空,然后大概给尘雾吓住,往斜刺里飞去,很久还看得见它一闪一闪地发亮……

这当儿,一只秧鸡受了旋风的惊吓,不知道出了什么事,从草地里飞起来。它不像所有的鸟那样逆着风飞,而是顺着风飞,因此它的羽毛蓬蓬松松,全身膨胀得像母鸡那么大,样子很愤怒,很威武。只有那些在草原上活到老年、习惯了草原上种种纷扰的乌鸦,才镇静地在青草上飞翔,或者冷冷淡淡,什么也不在意,伸出粗嘴啄坚硬的土地。

　　山后传来沉闷的隆隆雷声,刮起一阵清风。杰尼斯卡欢喜地打了个呼哨,拿鞭子抽马。赫利斯托福尔神甫和库兹米乔夫拉紧帽子,定睛瞧着远山……要是痛痛快快下阵雨,那多好啊!

　　好像再稍稍加一把劲,再挣扎一下,草原就会占上风了。可是那肉眼看不见的压迫力量渐渐镇住风和空气,压下灰尘,随后像是没出什么事似的,沉寂又回来了。云藏起来,被太阳晒焦的群山皱起眉头,空气驯顺地静下来,只有那些受了惊扰的凤头麦鸡不知在什么地方悲鸣,抱怨命运……

　　这以后不久,黄昏来了。

三

　　在昏暗的暮色中出现一所大平房,安着锈得发红的铁皮房顶和黑暗的窗子。这所房子叫做旅店,可是房子旁边并没有院子。它立在草原中央,四周没有遮挡。旁边不远的地方,有一个破败的小樱桃园,四周围着一道篱墙,看上去黑沉沉的。窗子底下立着昏睡的向日葵,耷拉着沉甸甸的脑袋。小樱桃园里有架小风车嘎啦嘎啦响,那里安这么一个东西是为了用那种响声吓退野兔。房子近旁除了草原以外,什么也看不见,听不见。

马车刚刚在有遮檐的门廊前面停住,房子里就传出欢畅的声音,一个是男人的声音,一个是女人的。一扇安着滑轮的门咿咿呀呀地开了,一刹那间马车旁边钻出一个又高又瘦的人,挥着手,摆动着衣服的底襟。这是旅店主人莫伊谢·莫伊谢伊奇,一个脸色很苍白、年纪不很轻的汉子,胡子挺漂亮,黑得跟墨一样。他穿着一件破旧的黑上衣,那件衣服穿在他那窄肩膀上就跟挂在衣架上一样。每逢莫伊谢·莫伊谢伊奇因为高兴或者害怕而拍手,他的衣襟就跟翅膀似地扇动。除了上衣以外,主人还穿着一条肥大的白裤子,裤腿散着,没塞在靴腰里,他还穿着一件丝绒坎肩,上面绣着大臭虫般的棕色花朵。

莫伊谢·莫伊谢伊奇认出了来客是谁,起初感情激动,呆住了,后来拍着手,嘴里哼哼唧唧。他的上衣底襟摆动着,背脊弯成一张弓,苍白的脸皱出一副笑容,仿佛他看见了马车不但觉着快乐,而且欢喜到了痛苦的程度。

"哎呀,我的上帝!哎呀,我的上帝!"他用尖细的、唱歌样的声调说,喘着气,手忙脚乱,他的举动反而妨碍客人走下车来,"今天对我来说是多么快活的日子呀!唉,可是我现在该做点什么呢?伊万·伊万内奇!赫利斯托福尔神甫!车夫座位上坐着一位多么漂亮的小少爷啊,如果我说了假话就叫上帝惩罚我!啊呀,我的上帝,我为什么站在这儿发呆,不领着客人到屋里去?请进请进……欢迎你们光临!把你们的东西全交给我吧……哎呀,我的上帝!"

莫伊谢·莫伊谢伊奇正在马车上搬行李,扶客人

下车,忽然扭转身,用着急的、窒息的声音嚷叫起来,好像淹在水里、喊人救命似的:

"索罗蒙!索罗蒙!"

"索罗蒙!索罗蒙!"一个女人的声音在屋里随着叫道。

安着滑轮的门咿咿呀呀地开了,门口出现一个身材不高的年轻犹太人,生着鸟嘴样的大鼻子,头顶光秃,四周生了些很硬的鬈发。他上身穿一件短短的、很旧的上衣,后襟呈圆形,短袖子,下身穿一条短短的紧身裤,因此看上去显得矮小,单薄,像是拔净了毛的鸟。这人就是索罗蒙,莫伊谢·莫伊谢伊奇的弟弟。他默默地向马车走来,现出有点古怪的微笑,没有向旅客问候。

"伊万·伊万内奇和赫利斯托福尔神甫来了!"莫伊谢·莫伊谢伊奇用一种仿佛生怕弟弟不相信的口气说,"哎呀嘿,多么想不到的事情,这些好人一下子都来了!来,搬东西,索罗蒙!请进吧,贵宾!"

过了一会儿,库兹米乔夫、赫利斯托福尔神甫、叶戈鲁什卡已经在一个阴暗的、空荡荡的大房间里,坐在一张旧的柞木桌子旁边了。那桌子几乎孤零零地没个倚傍,因为这个大房间里除了一张蒙着满是窟窿的漆皮的长沙发和三把椅子以外,就再也没有别的家具了。而且,那样的椅子也不见得人人都会叫做椅子。它们只是一种可怜的、看上去像是家具的东西罢了,蒙着破旧不堪的漆皮,椅背不自然地向后猛弯过去,看上去倒跟小孩子们的雪橇十分相像。当初那位无人知晓的细木匠究竟着眼于什么样的舒适才那么无情地弄弯椅背,这是不容易想明白的,人只好想象那不是细木匠的过错,也许是一位力大无比的旅客为了要显一显本事才把它扳弯的,后来再想把它扳正,反而扳得更弯了。房间显得阴森森的。墙壁灰白,天花板和檐板被烟熏黑。地板上有些来历不明的裂缝和窟窿(人们会猜想那也是大力士的脚后跟踩穿的)。看来,即便房间里挂上十盏灯,也仍旧会挺黑。墙壁上或者窗台上没有一点儿像是装饰品的东西。不过有一面墙上挂着一个灰色的木框,装着一张不知什么规章,上面画着双头鹰。另一面墙上也有一个木框,装着一张版画,题着几个字:"人类的淡漠"。究竟人类对什么淡漠,那就闹不清了,因为那张画儿年代过久,画面发黑,布满蝇屎。房间里有一股发霉的酸臭气。

莫伊谢·莫伊谢伊奇一面领着客人走进房间,一面不住地弯腰,拍手,耸肩膀,发出快活的叫声。他认为这些举动是非做不可的,为的是显得非常有礼貌,和气。

"我们的货车什么时候走过这儿的?"库兹米乔夫问他。

"有一队货车是今天一清早走过这儿的,另一队呢,伊万·伊万内奇,是在这儿歇下来吃中饭,黄昏以前才上路的。"

"啊……瓦尔拉莫夫路过这儿没有?"

"没有,伊万·伊万内奇。他的伙计格利戈利·

叶戈雷奇,昨天早晨经过这儿,说是今天他大概要到莫罗勘派①的农场去。"

"好。那我们赶紧去追货车,然后上莫罗勘派那么去。"

"上帝保佑,这可使不得,伊万·伊万内奇!"莫伊谢·莫伊谢伊奇惊慌地说,合起掌来,"夜里您还赶什么路?您痛痛快快吃一顿晚饭,在这儿住一宿,明天早晨,求上帝保佑,再去赶路,随您要去追谁就去追谁好了!"

"没这些闲工夫,没这些闲工夫了……对不起,莫伊谢·莫伊谢伊奇,下回再住好了,现在没有工夫。我们坐一刻钟就动身,可以在莫罗勘派那儿过夜。"

"一刻钟!"莫伊谢·莫伊谢伊奇尖叫一声,"您得惧怕上帝才成,伊万·伊万内奇!您这是逼我藏起您

---

① 基督教的一个派别,18 世纪后半期出现于俄国,反对设神甫和教堂。教徒不吃肉,只吃牛奶和鸡蛋。

的帽子,拿锁来锁上门!您总得吃点什么,喝一点茶呀!"

"我们来不及喝茶吃糖了。"库兹米乔夫说。

莫伊谢·莫伊谢伊奇偏着头,屈着膝盖,把手掌往前伸出去,好像招架别人打来的拳头似的,同时现出痛苦的快乐笑容,开始央求道:

"伊万·伊万内奇!赫利斯托福尔神甫!求你们赏个光,在我这儿喝杯茶吧。难道我是个坏人,弄得你们在我这里连喝杯茶都不行?伊万·伊万内奇!"

"行,喝杯茶也好,"赫利斯托福尔神甫同情地叹一口气,"反正耽误不了多大工夫。"

"哦,好吧!"库兹米乔夫答应了。

莫伊谢·莫伊谢伊奇一下子来了劲,快活得大叫一声,耸起肩膀,好像刚刚钻出冷水,到了温暖地方似的;他跑到门口去,用先前喊叫索罗蒙所用的那种着急的、窒息的声调喊道:

"罗扎!罗扎!拿茶炊来!"

过了一分钟,门开了,索罗蒙走进房间,两只手端着一个大盘子。他把盘子放在桌上,眼睛讥诮地瞧着别处,仍旧古怪地微笑着。现在,借了灯光,可以看清楚他的笑容了,那笑容是很复杂的,表现许多种情绪,可是其中占主要地位的只有一种,那就是露骨的轻蔑。他仿佛正在想着一件什么可笑而愚蠢的事,正在对一个什么人看不惯、看不起,正在为一件什么事暗暗高兴,正在等个适当的机会用挖苦话讽刺一下,哈哈地笑一阵似的。他的长鼻子、厚嘴唇、狡猾的暴眼睛,好像饱含着大笑的欲望。库兹米乔夫瞧着他的脸,讥诮地微微一笑,问道:

"索罗蒙,今年夏天你为什么不上我们县城来赶集,表演犹太人?"

叶戈鲁什卡记得很清楚,两年前在县城的市集上一个棚子里,索罗蒙说过书,讲犹太人生活的故事,结果十分成功。这件事经人提起后,却没引起索罗蒙什么感触。他一句话也没回答,走出去,过一会儿端着茶炊回来了。

他把桌上的事办完,就站到一旁去,把手交叉在胸口上,伸出一条腿,他那讥讽的眼睛盯紧赫利斯托福尔神甫。他的姿态带点挑衅、傲慢、轻蔑的意味,同时又极可怜,极可笑,因为他的姿态越是显得庄严,他的短裤子,短上衣,滑稽的鼻子,鸟样的、像是拔净了毛的整个身体,也就越发惹眼。

莫伊谢·莫伊谢伊奇从另一个房间里拿来一张凳子,在离桌子稍稍远一点的地方坐下。

"祝你们胃口好!喝茶,吃糖!"他开始忙着招待客人们,"请多用点。这样的稀客,这样的稀客啊。我有五年没见到赫利斯托福尔神甫了。难道没有人肯告诉我这位漂亮的小少爷是谁家的吗?"他温柔地看着叶戈鲁什卡,问道。

"他是我姐姐奥莉迦·伊万诺芙娜的儿子。"库兹米乔夫回答。

"他上哪儿去?"

"上学校去。我们带他去进中学。"

为了表示有礼貌,莫伊谢·莫伊谢伊奇脸上做出惊奇的样子,含有深意地摇头晃脑。

"嘿,这是好事!"他说,朝茶炊摇摇手指头,"这是好事啊!等到你从学校毕业出来,就成了上流人,我们大家见着你就都得脱帽鞠躬了。你将来会变得有学问,有钱,有雄心,妈妈就高兴了。嘿,这是好事!"

他沉默一会儿,摸摸自己的膝头,用半诙谐半尊敬的声调讲起来:

"你得原谅我,赫利斯托福尔神甫,我打算写一封信给主教,告诉他说您打掉商人的饭碗了。我要拿一张公文纸,写道:赫利斯托福尔神甫大概短钱用,因为他做生意,卖起羊毛来了。"

"不错,我这么大的年纪,真是异想天开……"赫利斯托福尔神甫说,笑起来,"老弟,我不做神甫而改行做商人了。现在我本该坐在家里,向上帝祷告,可是

镜　子　集

我坐着车子东跑西颠,像坐着战车的'法老'①似的……瞎忙啊!"

"可是钱倒会多起来哩!"

"得啦吧!碰一鼻子灰哟,哪儿谈得到钱。货色又不是我的,是我女婿米海罗的!"

"为什么他自己不去呢?"

"因为……他娘的奶在他嘴唇上还没干呐。他买羊毛倒还行,可是讲到卖啊,他就没本事了,他还年轻。他花光了所有的钱,想发财,冒尖儿,可是他在这儿试试,在那儿试试,谁也不赏识他。这小伙子照这样混了一年,然后跑来找我,说:'爹,请您替我把羊毛卖掉,劳驾帮个忙吧!我做不来这些事!'事情就是这样的。只要出了什么事,就马上爹啊爹的,平时呢,没有爹也行了。他买羊毛的时候不来跟我商量,可是等到现在出了麻烦,就轮着爹了。其实爹哪儿成呢?要不是有

---

①　古埃及国王的称号。

伊万·伊万内奇,爹也没法办。他们这种人不知惹出多少麻烦哟!"

"对了,我老实跟您说吧,孩子总要惹出不少烦恼!"莫伊谢·莫伊谢伊奇叹道,"我有六个子女。一个要上学,一个要看病,一个要人抱。等他们长大了,麻烦还要多。不但如今是这样,就是在《圣经》上也是一样。雅各①有了小孩子的时候,尽是哭,等到孩子长大,他哭得更伤心了!"

"嗯,是啊……"赫利斯托福尔神甫同意,沉思地瞧着茶杯,"讲到我自己嘛,其实倒没有什么可以抱怨主的。我太太平平地活到了头,就跟别人托天之福活了一辈子一样……我已经把女儿们嫁给好人,给儿子们成家立业,现在我没有什么牵挂,已经尽了我的本分,四面八方,哪儿都可以去了。我跟我老婆过得挺和睦,有吃有喝,睡得挺香,有孙儿女们解闷儿,天天向上

---

① 《圣经·旧约·创世记》载,雅各有十二个孩子,曾招来不少麻烦。

帝祷告,此外我也不要什么别的了。我的日子过得舒舒服服,用不着去巴结什么人。我有生以来就没受到过什么磨难,现在假定沙皇来问我:'你需要什么?你希望有什么东西?'那我是什么也不要!样样我都有了,感谢上帝,什么都有了。全城的人,谁也及不上我这么幸福。唯一的烦恼是我有那么多的罪,不过话说回来,也只有上帝才没有罪。这话该对吧?"

"当然对。"

"自然,我没有牙了。岁数一大,背酸痛了,这样那样的……喘病什么的……有了病,身体衰弱了,不过话说回来,也要想一想我活到这么大的年纪了!七十多了!人总不能长生不死。总得知足才成。"

赫利斯托福尔神甫忽然想起什么,对着杯子扑哧一声笑了,而且笑得咳嗽起来。莫伊谢·莫伊谢伊奇出于礼貌也笑,也咳嗽。

"真滑稽!"赫利斯托福尔神甫说,摆了摆手,"我的大儿子加夫里拉来看望我。他是做医生的,是切尔尼戈夫省地方自治局的医师……很好……我对他说：'现在我害了气喘病什么的……你是大夫，那就给你爸爸看看病吧！'他当场脱掉我的衣服，敲呀，听呀，玩了种种花样……揉我的肚子，然后说：'爸爸，您应当用压缩空气治一治才成。'"

赫利斯托福尔神甫哈哈大笑，笑得流出了眼泪，站起来了。

"我就对他说：求上帝保佑，保佑那个什么压缩空气吧！"他把手一挥，在笑声中数说着，"求上帝保佑它，保佑那个什么压缩空气吧！"

莫伊谢·莫伊谢伊奇也站起来，用手捧着肚子，尖声笑起来，就跟叭儿狗的叫声一样。

"求上帝保佑它，保佑那个什么压缩空气吧！"赫利斯托福尔神甫笑着又说一遍。

莫伊谢·莫伊谢伊奇的笑声提高了两个调门，而且笑得那么厉害，站也站不稳了。

"哎呀，我的上帝……"他在笑声中呻吟道，"让我缓口气吧……笑得人简直要……哎哟!……笑死我了!"

他连笑带说,同时他又胆怯而怀疑地看一眼索罗蒙。索罗蒙还是照先前那种姿势站着,微微地笑。从他的眼神和笑容看来,他的轻蔑和憎恨出于内心,可是这表情跟他那好像拔净了毛的身体那么不相称,照叶戈鲁什卡看来,他仿佛故意装出那种挑衅的态度和恶狠狠的轻蔑神情,为了显一显小丑的身手,逗贵宾们一笑似的。

库兹米乔夫默默地喝完大约六杯茶,在面前的桌子上理出一块空地方,拿过袋子来,就是先前他睡在马车底下用来垫在脑袋底下的那个袋子。他解开细绳,抖一抖。成捆的钞票从袋子里滚出来,落在桌子上。

"趁现在有工夫,赫利斯托福尔神甫,我们来点一点。"库兹米乔夫说。

莫伊谢·莫伊谢伊奇一看见钱,就窘了,他站起来,如同一个有礼貌的、不愿意刺探别人隐私的人一样,踮起脚尖,张开胳膊稳住身子,走出房间去了。索罗蒙仍旧站在原来的地方。

"一卢布钞票是多少钱一捆?"赫利斯托福尔神甫开口说。

"一卢布钞票是五十卢布一捆……三卢布钞票是九十卢布一捆。……一百的和二十五的是一千一捆。您为瓦尔拉莫夫数出七千八百,我来数出给古塞维奇的钱。可是小心,别数错……"

叶戈鲁什卡生平从没见过像此刻放在桌子上的那许多钱。钱一定很多,因为赫利斯托福尔神甫为瓦尔拉莫夫点出来放在一边的七千八百,跟整堆票子相比显得很小。换了在别的时候,这么多的钱也许会使得叶戈鲁什卡震惊,引得他暗自盘算用这一堆钱可以买来多少面包圈、羊拐子、带罂粟籽的甜点心。现在他却漠不关心地瞧着钱,只觉着钞票冒出来的烂苹果味和煤油的臭味惹得他恶心。他一路上给马车颠得没了精神,现在乏了,只想睡觉。他的脑袋往下耷拉,眼睛张不开,思想跟线一样的搅乱了。要是可以的话,他就会舒舒服服地把脑袋垂倒在桌子上,闭上眼睛,免得看见灯光和在那一捆捆钞票上活动的手指头,让疲顿困倦的思想变得越乱越好。现在他却得极力不睡着,于是灯火、茶碗、手指头都变成双份,茶炊摇摇晃晃,烂苹果的气味越发刺鼻,惹人恶心了。

"唉,钱啊,钱啊!"赫利斯托福尔神甫叹口气,微微一笑,"你们带来多少烦恼!现在我的米海罗大概在睡觉,梦见我会给他带回去这么一大堆钱呢。"

"您那米海罗·季莫菲伊奇是个糊涂人,"库兹米乔夫低声说,"他不会干他的行当,不过您明白事理,能够判断。您不如照我先前所说的那样把您的羊毛让给我,您自己回去的好,我呢,好吧,比我的价钱多给您半个卢布就是,这可纯粹是表一表敬意……"

"不行,伊万·伊万内奇,"赫利斯托福尔神甫叹道,"承您关照,我很感激……当然,要是我能做主的话,那就用不着多说了,可是眼前这批货,您自己知道,可不是我的……"

莫伊谢·莫伊谢伊奇踮着脚尖走进来。他出于礼貌极力不去看那堆钱,悄悄走到叶戈鲁什卡身边,在他背后拉一拉他的衬衫。

"跟我来,少爷,"他低声说,"我带你去看一只挺好的小熊!好一头吓人的、脾气暴躁的小熊!嘿嘿!"

带着睡意的叶戈鲁什卡就站起来,没精打采地跟着莫伊谢·莫伊谢伊奇去看熊。他走进一个不大的房间,还没看见什么东西,先就闻到一股发霉的酸味,比在大房间里闻到的浓得多,多半从这个房间散发到整个房子里去了。这房间有一半地方摆着一张大床,铺着油腻的绗过的棉被,另外一半地方摆着一个衣柜和一堆堆形形色色的破旧衣服,从女人的浆硬的裙子起到小孩的短裤和吊裤带为止,样样都有。衣柜上燃着一支油烛。

镜　子　集

叶戈鲁什卡没看见原来犹太人应许下的熊,却看见了一个高大、很胖的犹太女人,披散着头发,穿一件红地黑花点的法兰绒连衣裙。她在大床和衣柜中间的狭窄过道上费劲地转来转去,发出哀伤的长声叹息,好像牙痛似的。一看见叶戈鲁什卡,她就做出要哭的脸相,长长地叹了一口气,转眼间,就拿一片抹了蜂蜜的面包送到他唇边。

"吃吧,乖乖,吃吧!"她说,"你在这儿没有妈妈,没有人来照应你的吃喝。吃吧。"

叶戈鲁什卡果然吃了,不过他每天在家里吃的是冰糖和罂粟籽甜点心,觉得这种搀了一半蜂蜡和蜜蜂翅膀的蜂蜜没什么好吃。他吃东西的时候,莫伊谢·莫伊谢伊奇和犹太女人瞧着他叹气。

"你上哪儿去,乖乖?"犹太女人问道。

"上学去。"叶戈鲁什卡回答。

"你妈有几个孩子?"

"就是我一个。另外没有了。"

"哎哟！"犹太女人叹道，眼珠往上翻，"可怜的妈妈呀！可怜的妈妈！她会怎样地惦记，怎样地哭哟！过一年，我们也要送我们的纳乌木上学去了！哎哟！"

"唉，纳乌木，纳乌木！"莫伊谢·莫伊谢伊奇叹道，他那白脸上的皮肤紧张地抽动着，"他的身子那么单薄呀。"

油腻的被子颤动起来，从被子底下探出一个小孩的卷发的头，下面是一段很细的脖子，两只黑眼睛发亮，好奇地瞅着叶戈鲁什卡。莫伊谢·莫伊谢伊奇和犹太女人不住地叹气，走到衣柜那边去，开始用犹太话谈天。莫伊谢·莫伊谢伊奇用男低音低声讲话，他的犹太话归总起来，像是连续不断的"呱呱呱呱……"他妻子呢，用尖细的像是火鸡般的声音回答，她的话大致像是"嘟嘟嘟嘟……"他们正商量什么事，不料从油腻的被子底下探出另一个卷发的头和另一段瘦脖子，然后钻出第三个头，随后第四个头……要是叶戈鲁什卡有丰富的想象力，他就会想到被子底下躺着一个百头的怪物呢。

"呱呱呱呱……"莫伊谢·莫伊谢伊奇说。

"嘟嘟嘟嘟……"犹太女人回答。

这场商谈的结局是那个犹太女人长叹一声,钻进衣柜,解开一个破破烂烂的绿布包,拿出一大块心形的黑面蜜饼。

"拿着,乖乖,"她说,把蜜饼递给叶戈鲁什卡,"你现在没有妈妈,没有人给你点心吃了。"

叶戈鲁什卡把蜜饼塞到口袋里,退到门口,因为老板夫妇生活在其中的那种发酸的霉气他再也闻不得了。他回到大房间里,在长沙发上找个地方舒舒服服地坐下,就专心想自己的心事了。

库兹米乔夫一点完票子,就把票子放回袋子里。他对待那些票子并不特别尊敬,毫无礼貌地把它们往袋子里乱扔,漠不关心,好像那些票子不是钱,而是废纸似的。

赫利斯托福尔神甫跟索罗蒙攀谈起来。

"喂,怎么样,聪明人索罗蒙①?"他说着,打了个呵欠,在嘴上画十字,"事情怎么样?"

"您说的是什么事情?"索罗蒙问,露出挺凶的样子,好像人家在说他犯了什么罪似的。

"一般的事情啊……你最近在做什么?"

"我做什么?"索罗蒙反问一句,耸了耸肩膀,"还不是跟人家一样……您看得出来,我是奴才。我是哥哥的奴才,哥哥是客人们的奴才,客人们是瓦尔拉莫夫的奴才。要是我有一千万卢布,瓦尔拉莫夫就会做我的奴才。"

"这是什么意思?他怎么会做你的奴才?"

"为什么?因为没有一位老爷或财主不愿意为了多得一个小钱而去舔满身疥疮的犹太人的手。现在我是个满身疥疮的犹太人,叫化子,人人把我看做一条

---

① 根据《圣经》传说,所罗门是大卫的儿子,纪元前10世纪以色列的国王,以机智聪明著称。在这儿是因为名字的音相同用来取笑的意思。

狗,不过要是我有钱,瓦尔拉莫夫就会巴结我,就跟莫伊谢巴结你们一样。"

赫利斯托福尔神甫和库兹米乔夫互相瞧了一眼。他俩都不明白索罗蒙的意思。库兹米乔夫严厉地冷眼瞧着他,问道:

"你这蠢材怎么能拿自己跟瓦尔拉莫夫相比?"

"我还不至于蠢到把我自己跟瓦尔拉莫夫比,"索罗蒙答道,讥讽地瞧着讲话人,"虽然瓦尔拉莫夫是个俄罗斯人,他本性却是满身疥疮的犹太人,他的全部生活就是为了赚钱和谋利,我呢,却把钱扔进炉子里去烧掉!我不要钱,不要土地,不要羊,也不要人家怕我,在我路过的时候对我脱帽子。所以我比您那个瓦尔拉莫夫聪明得多,也更像一个人!"

过了不多一会儿,叶戈鲁什卡在半睡半醒中听见索罗蒙用一种因为痛恨而透不出气的、低沉而嘶哑的声音讲犹太人,讲得又快又不清楚。起初他的俄国话倒还讲得好,后来他加进了讲犹太人生活的说书人的声调,开始用浓重的犹太口音讲话,像那回在市集上棚子里一样了。

"等一等……"赫利斯托福尔神甫打断他的话,"要是你不喜欢你的宗教,你可以改信别的宗教。嘲笑宗教是罪恶,只是顶顶下贱的人才嘲笑自己的宗教信仰。"

"您压根儿没听明白!"索罗蒙粗鲁地打断他的话,"我跟您讲的是一件事,您讲的却是另一件事……"

"现在谁都看得出来你是个蠢材,"赫利斯托福尔神甫叹道,"我尽我的心教训你,你倒生气了。我照老前辈那样平心静气地对你说话,你却像火鸡似的'卜拉,卜拉,卜拉!'你真是个怪人……"

莫伊谢·莫伊谢伊奇走进来了。他不安地瞧一眼索罗蒙,又瞧一眼客人,脸上的皮肤又紧张得抽动起来。叶戈鲁什卡摇了摇头,往四下里看一眼,偶尔看见了索罗蒙。这当儿索罗蒙的脸正好有四分之三向他转过来,他的长鼻子的阴影盖住他整个左脸,跟那阴影缠在一起的冷笑,亮晶晶的、讥讽的眼睛,傲慢的表情,好像拔净了毛的整个矮小身体,都化成双份,在叶戈鲁什卡的眼前跳动,这时候他本人不像是小丑,倒像是人在梦中偶尔见到的一种大概像恶魔之类的东西了。

"您这儿有个中了魔的人啊,莫伊谢·莫伊谢伊奇!求上帝跟他同在吧!"赫利斯托福尔神甫微笑着说,"您应当把他安置到什么地方去,或者给他娶个老婆……他不像是个正常的人了……"

库兹米乔夫生气地皱起眉头。莫伊谢·莫伊谢伊奇又不安地、试探地瞧瞧兄弟,瞧瞧客人。

"索罗蒙,出去!"他厉声说道,"出去!"

他还添了一句犹太话。索罗蒙猛的哈哈一笑,走出去了。

"怎么回事?"莫伊谢·莫伊谢伊奇惊慌地问赫利斯托福尔神甫。

"他忘了形了,"库兹米乔夫回答,"说话粗鲁,自以为了不起。"

"我早就料到了!"莫伊谢·莫伊谢伊奇恐怖地叫道,合起掌来,"唉,我的上帝!我的上帝!"他低声喃喃道,"请你们务必行行好,包涵一下,别生气。他这人真怪,真怪!唉,我的上帝!我的上帝!他是我的亲兄弟,可他除了给我找麻烦以外,我从他那儿什么也得不到。你们知道,他呀……"

莫伊谢·莫伊谢伊奇用手指头指着脑门子,画了个圆圈,接着说:

"脑筋不正常啊……他是个没希望的人了。我不知道该拿他怎么办才好!他不喜欢人,不尊敬人,也不怕人……你们知道,他嘲笑每个人,净说蠢话,对什么人都不客气。说来你们可能不信,有一回瓦尔拉莫夫上这儿来了,索罗蒙对他说了些话,惹得他拿起鞭子把我和他都打了一顿……可是何苦拿鞭子抽我呢?难道能怪我不对?上帝夺去他的脑筋,那么这是上帝的意旨,难道能怪我不对吗?"

镜　子　集

十分钟过去了,莫伊谢·莫伊谢伊奇仍旧在低声地唠唠叨叨,叹着气说:

"他晚上不睡觉,老是想啊,想啊,想啊,他究竟在想些什么,只有上帝才晓得。要是晚上去看他,他就生气,笑。他连我也不喜欢……而且他什么也不要!先父去世的时候,给我们每人留下六千卢布。我买下这个旅店,结了婚,现在有了子女;他呢,把钱丢进炉子里烧掉了。真是可惜!真是可惜!何苦烧掉?你不要,可以给我啊,何苦烧掉呢?"

忽然那扇安着滑轮的门吱吱嘎嘎响起来,地板在什么人的脚步声中颤动。一股冷空气向叶戈鲁什卡袭来,他觉得好像有只大黑鸟飞过他面前,贴近他的脸扇着翅膀。他睁开眼睛……舅舅站在长沙发旁边,手里提着袋子,准备动身。赫利斯托福尔神甫拿着宽边的礼帽,正在对什么人鞠躬,微笑,然而不像平素那样笑得温柔而动情,却恭敬而勉强,这种笑容跟他的脸很不相称。莫伊谢·莫伊谢伊奇呢,好像他的身体断成了三截,而他正在稳住自己,极力不叫自己的身子散开似的。只有索罗蒙站在墙角,交叉着两只手,若无其事,照旧轻蔑地微笑。

"请尊驾原谅我们这儿不干净!"莫伊谢·莫伊谢伊奇哼哼唧唧地说,现出又痛苦又欢喜的笑容,不再理会库兹米乔夫和赫利斯托福尔神甫,一心稳住自己的身子,免得散开,"我们是些粗人,尊驾!"

叶戈鲁什卡揉一揉眼睛,房间中央果然站着一位尊驾,是个年轻、丰满、很美的女人,穿一身黑衣服,戴一顶草帽。叶戈鲁什卡还没来得及看清她的相貌,就不知因为什么缘故忽然想起了白天在山上看见的那棵孤零零的、苗条的白杨。

"瓦尔拉莫夫今天经过此地没有?"女人的声音问道。

"没有,尊驾!"莫伊谢·莫伊谢伊奇回答说。

"要是明天您看见他,请他上我家里去一会儿。"

忽然,十分意外,叶戈鲁什卡看见离自己的眼睛半

镜 子 集

俄寸①远的地方有两道丝绒样的黑眉毛,一对棕色的大眼睛,一张娇嫩的女性的脸蛋儿,带着两个酒涡儿,微笑从酒涡那儿放射出来,就跟阳光从太阳里放射出来一样,有一股挺好闻的香气。

"好一个漂亮的孩子!"女人说,"这是谁家的孩子?卡齐米尔·米哈伊洛维奇,瞧,多么可爱啊!我的上帝啊,他睡着了!我亲爱的小胖子……"

女人亲热地吻叶戈鲁什卡两边的脸蛋儿。他微笑了,可是想到自己是在睡觉,就闭紧眼睛。门上的滑轮吱吱嘎嘎地叫起来,传来了匆忙的脚步声:不知什么人正在走进走出。

"叶戈鲁什卡!叶戈鲁什卡!"他听见两个低沉的声音小声说,"起来,要走了!"

不知道是谁,大概是杰尼斯卡吧,扶他站起来,搀着他的胳膊。在路上,他微微睁开眼睛,又看见了那个

---

① 1俄寸等于4.4厘米。

吻过他的、穿一身黑衣服的美丽女人。她站在房中央，瞧他走出去，微笑着，和气地对他点头。他走近房门，看见一个英俊、魁伟的黑发男子，戴一顶礼帽，裹着皮护腿。这人一定是陪那个贵妇人来的。

"唷！"外面传来吆喝马的声音。

在这所房子大门口，叶戈鲁什卡看见一辆华贵的新马车和一对黑马。车夫座上坐着一个穿号衣的车夫，手里拿一根长鞭子。送客人出来的，只有索罗蒙一个人。他的脸由于要笑而紧张着，看样子好像非常急于等客人走掉，好痛快地笑他们一场似的。

"这是德兰尼茨卡雅伯爵小姐。"赫利斯托福尔神甫爬上马车，小声说。

"对了，德兰尼茨卡雅伯爵小姐。"库兹米乔夫小声地重说一遍。

伯爵小姐的光临所产生的印象大概很强烈，因为就连杰尼斯卡都压低声音说话，直到马车走出四分之一俄里，他回过头远远地望去，看不见那个旅店，只看见一点昏暗的亮光时,才敢拿起鞭子抽那匹枣红马,吆喝一声。

四

这个使人捉摸不透的、神秘的瓦尔拉莫夫虽然索罗蒙看不起,可是大家谈得那么多,就连那个美丽的伯爵小姐也要找他,那么他究竟是个什么人呢?半睡半醒的叶戈鲁什卡挨着杰尼斯卡并排坐在车夫座上心里想着的正是这个人。他从没见过这个人,不过屡次听到人家说起他,也常常在想象中描摹他的样子。他知道瓦尔拉莫夫有好几万俄亩①的土地,有十万只羊,有很多的钱。关于他的生活方式和职业,叶戈鲁什卡只知道他老是"在这一带地方转来转去",老是有人找他。

---

① 1俄亩等于1.09公顷。

在家里,叶戈鲁什卡还听说过很多关于德兰尼茨卡雅伯爵小姐的事。她也有好几万俄亩的土地,许多的羊,一个养马场,很多的钱,可是她并不"转来转去",却住在自己阔绰的庄园上。伊万·伊万内奇为了接洽生意,曾不止一次到伯爵小姐家里去过,他和其他熟人讲过许多关于那个庄园的奇谈趣事,比方说,他们讲:伯爵小姐的客厅里,四壁挂着波兰历代皇帝的御像,摆着一个大座钟,那钟做成悬崖的样子,崖上站着一头金马,嵌着宝石眼睛,扬起前蹄,马身上坐着一个金骑士,每逢钟响,他就向左右挥舞马刀。据说伯爵小姐每年大约开两次舞会,请来全省的贵族和文官,就连瓦尔拉莫夫也来参加。全体宾客喝的茶是用银茶炊烧的,他们吃的都是各种珍品(比方说在冬天,到了圣诞节,他们吃得到马林果和草莓),客人们随着音乐跳舞,乐队一天到晚奏乐不停……

"她长得多么美啊!"叶戈鲁什卡想起她的脸儿和笑容,暗自想道。

镜　子　集

库兹米乔夫大概也在想伯爵小姐,因为车子已经走出两俄里了,他却说:

"那个卡齐米尔·米哈伊洛维奇可真能揩她的油!您该记得,前年我向她买羊毛的时候,他在我买的一批货色上就赚了大约三千。"

"要想叫波兰人不是这个样子是不可能的。"赫利斯托福尔神甫说。

"可是她倒一点也不在意。据说她年轻,愚蠢。脑子糊涂得很!"

不知什么缘故,叶戈鲁什卡一心只想到瓦尔拉莫夫和伯爵小姐,特别是想伯爵小姐。他那睡意蒙眬的脑子里根本拒绝平凡的思想,弥漫着一片云雾,只保留着神话里的怪诞形象,它们具有一种便利,好像会自动在脑筋里生出来,不用思索的人费什么力,而且只要使劲摇一摇头,那些形象就又会自动消灭,无影无踪了。再者他四周的一切东西也没有一样能使他生出平凡的思想。右边是一带乌黑的山峦,好像遮挡着什么神秘可怕的东西似的。左边地平线上整个天空布满红霞，谁也闹不清究竟是因为有什么地方起了火呢，还是月亮就要升上来。如同白天一样，远方还是看得清的，可是那点柔和的淡紫色，给黄昏的暗影盖住，不见了。整个草原藏在暗影里，就跟莫伊谢·莫伊谢伊奇的小孩藏在被子底下一样。

七月的黄昏和夜晚，鹌鹑和秧鸡已经不再叫唤，夜莺也不在树木丛生的峡谷里唱歌，花卉的香气也没有了。不过草原还是美丽，充满了生命。太阳刚刚下山，黑暗刚刚笼罩大地，白昼的烦闷就给忘记，一切全得到原谅，草原从它那辽阔的胸脯里轻松地吐出一口气。仿佛因为青草在黑暗里看不见自己的衰老似的，草地里升起一片快活而年轻的鸣叫声，这在白天是听不到的；嚯嚯声，吹哨声，搔爬声，草原的低音、中音、高音，合成一种不断的、单调的闹声，在那种闹声里默想往事，忧郁悲伤，反而很舒服。单调的唧唧声像催眠曲似的催人入睡；你坐着车，觉着自己就要睡着了，可是忽然不知从什么地方传来一只没有睡着的鸟发出短促而不安的叫声,或者听到一种来历不明的声音,像是谁在惊奇地喊叫:"啊——啊!"接着,睡意又把你的眼皮合上了。或者,你坐车走过一个峡谷,那儿生着灌木,就会听见一种被草原上的居民叫做"睡鸟"的鸟,对什么人叫道:"我睡啦!我睡啦!我睡啦!"又听见另一种鸟在笑,或者发出歇斯底里的哭声,那是猫头鹰。它们究竟为谁而叫,在这平原上究竟有谁听它们叫,那只有上帝才知道,不过它们的叫声却含着很多的悲苦和怨艾……空气中有一股禾秸、枯草、迟开的花的香气,可是那香气浓重,甜腻,温柔。

透过暗影,样样东西都看得见,只是各种东西的颜色和轮廓却很难辨清。样样东西都变得跟它本来的面目不同了。你坐车走着,忽然看见前面大路旁边站着一个黑影,像个修士。他站在那儿一动也不动,等着,手里不知拿着什么东西……别是土匪吧?那黑影越来越近,越变越大,这时候它就在马车旁边了,你这才看出原来这不是人,却是一丛孤零零的灌木或者一块大石头。这类稳稳不动、有所等待的人影站在矮山上,藏在坟墓背后,从杂草里探出头来。它们全都像人,引人起疑。

月亮升上来了,夜变得苍白、无力。暗影好像散了。空气透明,新鲜,温暖;到处都看得清楚,甚至辨得出路边一根根的草茎。在远处的空地上可以看见头盖骨和石头。可疑的、像是修士的人形由月夜明亮的背景衬托着,显得更黑,也好像更忧郁了。在单调的鸣叫声中越来越频繁地夹着不知什么东西发出的"啊!——啊!"的惊叫声,搅扰着静止的空气,还可以听见没有睡着的或者正在梦呓的鸟的叫声。宽阔的阴影游过平原,就像云朵游过天空一样。在那不可思议的远方,要是你长久地注视它,就会看见模模糊糊、奇形怪状的影像升上来,彼此堆砌在一块儿……那是有点阴森可怕的。人只要瞧一眼布满繁星的微微发绿的天空,看见天空既没有云朵,也没有污斑,就会明白温暖的空气为什么静止,大自然为什么小心在意,不敢动一动,它战战兢兢,舍不得失去哪怕是一瞬间的生活。至于天空那种没法测度的深邃和无边无际,人是只有凭了海上的航行和月光普照下的草原夜景才能有所体会的。天空可怕、美丽、亲切,显得懒洋洋的,诱惑着人们,它那缠绵的深情使人头脑昏眩。

你坐车走了一个钟头,两个钟头……你在路上碰见一所沉默的古墓或者一块人形的石头,上帝才知道那块石头是在什么时候,由谁的手立在那儿的。夜鸟无声无息地飞过大地。渐渐地,你回想起草原的传说、旅客们的故事、久居草原的保姆所讲的神话,以及凡是你的灵魂能够想象和能够了解的种种事情。于是,在唧唧的虫声中,在可疑的人影上,在古墓里,在蔚蓝的天空中,在月光里,在夜鸟的飞翔中,在你看见而且听见的一切东西里,你开始感到美的胜利、青春的朝气、力量的壮大和求生的热望。灵魂响应着美丽而严峻的故土的呼唤,一心想随着夜鸟一块儿在草原上空翱翔。

在美的胜利中,在幸福的洋溢中,透露着紧张和愁苦,仿佛草原知道自己孤独,知道自己的财富和灵感对这世界来说白白荒废了,没有人用歌曲称颂它,也没有人需要它。在欢乐的闹声中,人听见草原悲凉而无望地呼喊着:歌手啊! 歌手啊!

"唷! 你好,潘捷列! 一切都顺利吗?"

"谢天谢地,伊万·伊万内奇!"

"你们看见瓦尔拉莫夫没有,伙计们?"

"没有,我们没看见。"

叶戈鲁什卡醒来,睁开眼睛。车子停住了。大路上靠右边,有一长串货车向前一直伸展到远处,许多人在车子近旁走动。所有的货车都载着大捆的羊毛,显得很高,圆滚滚的,马呢,就显得又小又矮了。

"好,那么,我们现在就赶到莫罗勘派那儿去!"库兹米乔夫大声说,"犹太人说瓦尔拉莫夫要在莫罗勘派那儿过夜。既是这样,那就再会吧,伙计们! 愿主跟你们同在!"

"再会,伊万·伊万内奇!"有几个声音回答。

"对了,我说,伙计们,"库兹米乔夫连忙又喊道,"你们把我的这个小孩子带在身边吧!何必叫他白白陪着我们受车子的颠簸呢?把他放在你车上的羊毛捆上边,潘捷列,让他慢慢地走,我们却要赶路去了。下来,叶戈尔!去吧,没关系!……"

叶戈鲁什卡从车夫座位上下来。好几只手抓住他,把他高高地举到半空中,接着,他发现自己落到一个又大又软、沾着露水、有点潮湿的东西上面。这时候他觉得天空离他近了,土地离他远了。

"喂,把小大衣拿去!"杰尼斯卡在下面很远的地方嚷道。

他的大衣和小包袱从下面丢上来,落在叶戈鲁什卡身旁。他不愿意多想心思,连忙把包袱放在脑袋底下,拿大衣盖在身上,伸直了腿,因为碰到露水而微微耸起肩膀,满意地笑了。

"睡吧,睡吧,睡吧……"他想。

"别亏待他,你们这些鬼!"他听见杰尼斯卡在下面说道。

"再见,伙计们!愿主跟你们同在!"库兹米乔夫叫道,"我拜托你们啦!"

"你放心吧,伊万·伊万内奇!"

杰尼斯卡吆喝着马儿,马车吱吱嘎嘎地滚动了,然而不是顺着大路走,却是往旁边什么地方走去。随后有大约两分钟的沉静,仿佛车队睡着了似的,只能听见远远的那只拴在马车后面的铁桶的丁冬声渐渐消失。后来,车队前头有人喊道:

"基留哈!上路啦!"

最前面的一辆货车吱吱嘎嘎地响起来,然后第二辆、第三辆也响了。……叶戈鲁什卡觉得自己躺着的这辆货车摇晃着,也吱吱嘎嘎地响起来。车队出发了,叶戈鲁什卡抓紧拴羊毛捆的绳子,又满意地笑起来,把口袋里的蜜饼放好,就睡着了,跟往常睡在家里的床上一样……

镜 子 集

等他醒来,太阳已经升起来,一座古坟遮挡着太阳,可是太阳极力要把亮光洒向世界,用力朝四面八方射出光芒,使得地平线上洋溢着一片金光。叶戈鲁什卡觉得太阳走错了地方,因为昨天太阳是从他背后升起来的,现在却大大地偏左了……而且整个景色也不像昨天。群山没有了。不管你往哪边看,四面八方,都铺展着棕色的、无精打采的平原,无边无际。平原上,这儿那儿隆起一些小坟,昨天那些白嘴鸦又在这儿飞来飞去。前面远处,有一个村子的钟楼和农舍现出一片白颜色。今天凑巧是星期日,乌克兰人都待在家里,烤面包,烧菜,这可以从每个烟囱里冒出来的黑烟看出来,那些烟像一块蓝灰色的透明的幕那样挂在村子上。在两排农舍中间的空当儿上,在教堂后面,露出一条蓝色的河,河对面是雾蒙蒙的远方。可是跟昨天相比,再也没有一样东西比道路的变化更大了。一种异常宽阔的、奔放不羁的、雄伟强大的东西在草原上伸展出去,成了大道。那是一条灰色长带,经过车马和人们的践踏,布满尘土,跟所有的道路一样,只是路面有好几十俄丈宽。这条道路的辽阔使得叶戈鲁什卡心里纳闷,引得他产生了神话般的幻想。有谁顺着这条路旅行呢?谁需要这么开阔的天地呢?这真叫人弄不懂,古怪。说真的,那些迈着大步的巨人,例如伊里亚·慕洛梅茨①和大盗索罗维②,至今也许还在罗斯生活着,他们的高头大马也没死吧。叶戈鲁什卡瞧着这条道路,幻想六辆高高的战车并排飞驰,就跟在《圣经》故事的插图上看见的一样。每辆战车由六头发疯的野马拉着,高高的车轮搅起滚滚的烟尘升上天空,驾御那些马的是只有在梦中才能看见或者在神话般的幻想中才能出现的那种人。要是真有那些人的话,他们跟这草原和大道是多么相称啊!

在大道的右边,挂着两股电线的电线杆子一直伸展到大道的尽头。它们越变越小,进了村庄,在农舍和

---

①② 俄罗斯民谣中的勇士。

绿树后面消失了,然后又在淡紫色的远方出现,成了很小很细的短棍,像是插在地里的铅笔。大鹰、猛隼、乌鸦停在电线上,冷眼瞧着走动的货车队。

叶戈鲁什卡躺在最后一辆货车上,能看见这整个一长串的货车。货车队的货车一共有二十来辆,每三辆一定有个车夫。在叶戈鲁什卡躺着的最后一辆货车旁边走着一个老头儿,胡子雪白,跟赫利斯托福尔神甫那样又瘦又矮,可是他有一张给太阳晒成棕色的、严厉的、沉思的脸。很可能这个老人并不严厉,也没在沉思,不过他的红眼皮和又尖又长的鼻子给他的脸添了一种严肃冷峻的表情,那些习惯了老是独自一人思考严肃事情的人就会有那样的表情。跟赫利斯托福尔神甫一样,他戴着一顶宽边的礼帽,然而不是老爷戴的那种,而是棕色毡子做成的,与其说像一顶礼帽,倒不如说像一个切去尖顶的圆锥体。他光着脚。大概因为在寒冷的冬天他在货车旁边行走,可能不止一回冻僵,于是养成了一种习惯吧,他走路的时候总是拍大腿,顿

脚。他看见叶戈鲁什卡醒了,就瞧着他,耸起肩膀,仿佛怕冷似的,说:

"哦,睡醒了,小子!你是伊万·伊万内奇的儿子吧?"

"不,我是他的外甥……"

"伊万·伊万内奇的外甥?瞧啊,现在我脱了靴子,光着脚蹦蹦跳跳。我这双脚痛,挨过冻,不穿靴子倒还舒服些……倒还舒服些,小子……这么一说,你是他的外甥?他倒是个好人,挺不错……愿主赐他健康……挺不错……我是指伊万·伊万内奇……他上莫罗勘派那儿去了……啊,主,求您怜悯我们!"

老头儿讲起话来好像也怕冷似的,断断续续,不肯爽快地张开嘴巴。他发不好唇音,含含糊糊,仿佛嘴唇冻住了似的。他对叶戈鲁什卡讲话的时候没笑过一回,显得很严峻的样子。

前面相隔两辆货车,有一个人走着,穿一件土红色的长大衣,戴一顶鸭舌帽,穿着高筒靴子,靴筒松垂下来，手里拿一根鞭子。这人不老，四十岁上下。等到他扭回头来，叶戈鲁什卡就看见一张红红的长脸，生着稀疏的山羊胡子，右眼底下凸起一个海绵样的瘤子。除了那个很难看的瘤子以外，他还有一个特点非常惹人注意：他左手拿着鞭子，右手挥舞着，仿佛在指挥一个肉眼看不见的唱诗班似的。他不时把鞭子夹在胳肢窝底下，然后用两只手指挥，独自哼着什么曲子。

再前面一个车夫是个身材细长、像条直线的人，两个肩膀往下溜得厉害，后背平得跟木板一样。他把身子挺得笔直，好像在行军，或者吞下了一管尺子似的。他的胳膊并不甩来甩去，却跟两条直木棒那样下垂着。他迈步的时候两条腿如同木头，那样子像是玩具兵，差不多膝头也没弯，可是尽量把步子迈大；老头儿或者那个生着海绵样的瘤子的人每迈两步，他只要迈一步就行了，所以看起来他好像比他们走得慢，落在后面似的。他脸上绑着一块破布，脑袋上有个东西高起来，看上去像是修士的尖顶软帽。他上身穿乌克兰式的短上衣，满是补钉，下身穿深蓝色的肥裤子，散着裤腿，脚上一双树皮鞋。

那些远在前面的车夫，叶戈鲁什卡就看不清了。他伏在车上，在羊毛捆上挖个小洞，闲着没事做，抽出羊毛来编线玩。在他下面走路的老头儿却原来并不像人家凭他的脸色所想象的那么冷峻和严肃。他一开口讲话，就停不住嘴了。

"你上哪儿去啊？"他顿着脚，问。

"上学去。"叶戈鲁什卡回答。

"上学去？嗯……好吧，求圣母保佑你。不错。一个脑筋固然行，可是两个更好。上帝给这人一个脑筋，给那人两个脑筋，甚至给另一个人三个脑筋……给另一个人三个脑筋，这是实在的……一个脑筋天生就有，另一个脑筋是念书得来的，再一个是从好生活里来的。所以你瞧，小兄弟，要是一个人能有三个脑筋，那可不错。那种人不但活得舒服，死得也自在。死得也自在……我们大家将来全要死的。"

镜　子　集

老头儿搔一搔脑门子,抬起他的红眼睛瞧一瞧叶戈鲁什卡,接着说：

"去年从斯拉维扬诺塞尔布斯克来的老爷玛克辛·尼古拉伊奇,也带着他的小小子去上学。不知道他在那儿书念得怎么样了,不过那小子挺不错,挺好……求上帝保佑他们,那些好老爷。对了,他也送孩子去上学……斯拉维扬诺塞尔布斯克一定没有念书的学堂。没有……不过那个城挺不错,挺好……给老百姓念书的普通学堂倒是有的,讲到求大学问的学堂,那儿就没有了……没有了,这是实在的。你叫什么名字？"

"叶戈鲁什卡。"

"那么,正名是叶戈里①……神圣的殉教徒,胜利者叶戈里,他的节日是四月二十三日。我的教名是潘捷列……潘捷列·扎哈罗夫·霍洛多夫……我们是霍洛多夫家……我是库尔斯克省契木城的人,那地方你

---

①　即叶戈尔。

也许听说过吧。我的弟兄们学了手艺,在城里干活儿,不过我是个庄稼汉……我一直是庄稼汉。大概七年前,我上那儿去过……那是说,我回家里去过。乡下去了,城里也去了……我是说,去过契木。那时候,谢天谢地,他们大伙儿都还活着,挺硬朗,可现在我就不知道了……有人也许死了……也到了该死的时候,因为大伙儿都老了,有些人比我还老。死也没什么,死了也挺好,不过,当然,没行忏悔礼可死不得。再也没有比来不及行忏悔礼横死更糟的了。横死只有魔鬼才喜欢。要是你想行完忏悔礼再死,免得不能进入主的大殿,那就向殉教徒瓦尔瓦拉祷告好了。她替人说情。她是那样的人,这是实在的……因为上帝指定她在天上占这么一个地位,就是说,人人都有充分的权利向她祷告,要求行忏悔礼。"

潘捷列只顾自己唠叨,明明不管叶戈鲁什卡在不在听。他懒洋洋地讲着,自言自语,既不抬高声音,也不压低声音,可是在短短的时间里却能够讲出许多事情来。他讲的话全是由零碎的片断合成的,彼此很少联系,叶戈鲁什卡听着觉得一点趣味也没有。他所以讲这些话,也许只是因为沉默地度过了一夜以后,如今到了早晨,需要检查一下自己的思想,看它们是不是全在罢了。他讲完忏悔礼以后,又讲起那个斯拉维扬诺塞尔布斯克城的玛克辛·尼古拉伊奇。

"对了,他带着小小子……他带着,这是实在的……"

有一个车夫本来远远地在前面走,忽然离开他原来的地方,跑到一边去,拿鞭子抽一下地面。他是个身材高大、肩膀很宽的汉子,年纪三十岁左右,生着卷曲的金黄色头发,显然很有力气,身体结实。凭他的肩膀和鞭子的动作来看,凭他的姿势所表现的那种恶狠狠的样子来看,他所打的是个活东西。另外有个车夫跑到他那儿去了,这是一个矮胖的小个子,长着又大又密的黑胡子,穿一件坎肩和一件衬衫,衬衫的底襟没有掖在裤腰里。这个车夫用低沉的、像咳嗽一样的声音哈

哈大笑起来,叫道:

"哥儿们,德莫夫打死了一条毒蛇!真的!"

有些人,单凭他们的语声和笑声就可以正确地判断他们的智慧。这个生着黑胡子的汉子正好就是这类幸运的人。从他的语声和笑声,听得出他笨极了。生着金色头发的德莫夫打完了,就拿鞭子从地面上挑起一根像绳子样的东西,哈哈笑着,把它扔在车子旁边。

"这不是毒蛇,是草蛇!"有人嚷道。

那个走路像木头、脸上绑着破布的人快步走到死蛇那儿,看一眼,举起他那像木棍样的胳膊,双手一拍。

"你这囚犯!"他用低沉的、悲痛的声音叫道,"你干吗打死这条小蛇呀?它碍了你什么事,你这该死的?瞧,他打死了一条小蛇!要是有人照这样打你,你怎么样?"

"不该打死草蛇,这是实在的……"潘捷列平心静气地唠叨着,"不该打死……又不是毒蛇嘛。它那样子虽然像蛇,其实是个性子温和、不会害人的东西……

它喜欢人……草蛇是这样的……"

德莫夫和那生着黑胡子的人大概觉得难为情,因为他们大声笑着,不回答人家的抱怨,懒洋洋地走回自己的货车那儿去了。等到后面一辆货车驶到死蛇躺着的地方,脸上绑着破布的人就凑近草蛇弯下腰去,转身对潘捷列用含泪的声音问道:

"老大爷,他干吗打死这草蛇呀?"

这时候叶戈鲁什卡才看见他的眼睛挺小,暗淡无光,脸色灰白,带着病容,也好像暗淡无光,下巴挺红,好像肿得厉害。

"老大爷,他干吗打死它呀?"他跟潘捷列并排走着,又说一遍。

"他是个蠢人,手发痒,所以才打死它,"老头儿回答说,"不过不应该打死草蛇……这是实在的……德莫夫是个捣蛋鬼,大家都知道,碰见什么就打死什么,基留哈也不拦住他。他原该出头拦住他,可是他倒'哈哈哈''嘻嘻嘻'的……不过,你呢,瓦夏,也别生气……何必生气呢？打死就算了，随他去好啦……德莫夫是捣蛋鬼，基留哈因为头脑糊涂才会那样……没什么……他们是不懂事的蠢人，随他们去吧。叶美里扬就从来也不碰不该碰的东西……他从来也不碰，这是实在的……因为他是个受过教育的人，他们呢，蠢……叶美里扬不同……他就不碰。"

那个穿土红色大衣、长着海绵样的瘤子的车夫，本来在指挥一个肉眼看不见的唱诗班，这时候听见人家提起他的名字，就站住，等着潘捷列和瓦夏走过来，跟他们并排往前。

"你们在谈什么？"他用嘶哑的、透不出气的声音问道。

"喏，瓦夏在这儿生气，"潘捷列说，"所以，我就跟他讲话，好让他消消气……哎哟，我这双挨过冻的脚好痛哟！哎哟，哎哟！就因为今天是礼拜天，主的节日，脚才痛得更厉害了！"

"那是走出来的。"瓦夏说。

"不,小伙子,不是的……不是走出来的,走路的时候倒还舒服点。等我一躺下,一暖和,那才要命哟。走路在我倒还轻松点。"

穿着土红色大衣的叶美里扬夹在潘捷列和瓦夏当中走着,挥动胳膊,仿佛他们打算唱歌似的。挥了不大工夫,他放下胳膊,绝望地干咳一声。

"我的嗓子坏了!"他说,"真是倒霉!昨天一晚上,今天一上午,我老是想着我们先前在马利诺夫斯基家婚礼上唱的《求主怜悯》这首三部合唱的圣歌;它就在我的脑子里,就在我的喉咙口……仿佛要唱出来似的,可是真要唱吧,却又唱不出来!我的嗓子坏了!"

他沉默了一分钟,想到什么,又说下去:

"我在唱诗班里唱过十五年,在整个卢甘斯克工厂里也许没有一个人的嗓子及得上我。可是,见鬼,前年我在顿涅茨河里洗了个澡,从那以后,我就连一个音符也唱不准了。喉咙受凉了。我没有了嗓子,就跟工人没有了手一样。"

"这是实在的。"潘捷列同意。

"说到我自己,我明白自己已经是个没希望的人,完了。"

这当儿,瓦夏凑巧看见叶戈鲁什卡。他的眼睛就变得油亮,比先前更小了。

"原来有位少爷跟我们一块儿走!"他拿衣袖遮住鼻子,仿佛害臊似的,"好一个尊贵的车夫!留下来跟我们一块儿干吧,你也赶车子、运羊毛好了。"

他想到一个人同时是少爷,又是车夫,大概觉得很稀奇,很有趣,因为他嘿嘿地大笑起来,继续发挥他这种想法。叶美里扬也抬头看看叶戈鲁什卡,可是只随意看一眼,目光冷淡。他在想自己的心事,要不是瓦夏谈起,大概就不会留意到有叶戈鲁什卡这么个人了。还没过上五分钟,他又挥动胳膊,然后向他的同伴们描摹他晚上想起来的婚歌《求主怜悯》的美妙。他把鞭子夹在胳肢窝底下,挥动两条胳膊。

货车队在离村子一俄里远一个安着取水吊杆的水

井旁边停住。黑胡子基留哈把水桶放进井里,肚子贴着井壁,伏在上面,把头发蓬松的脑袋、肩膀、一部分胸脯,伸进那黑洞里去,因此叶戈鲁什卡只看得见他那两条几乎不挨地的短腿了。他看见深深的井底水面上映着他脑袋的影子,高兴起来,发出低沉的傻笑声,井里也发出同样的回声应和着。等到他站起来,他的脸和脖子红得跟红布一样。第一个跑过去喝水的是德莫夫。他一面笑一面喝水,常常从水桶那儿扭过头来对基留哈讲些好笑的事,然后他回转身,放开嗓门说出五个难听的词儿,那声音响得整个草原都听得见。叶戈鲁什卡听不懂这类词儿的意思,可是他很清楚地知道这些词很恶劣。他知道他的亲戚和熟人对这些词默默地抱着恶感。不知什么缘故,他自己也有那种感觉,而且素来认为只有喝醉的和粗野的人才享有大声说出这些词的特权。他听着德莫夫的笑声,想起草蛇惨遭毒手,就对这人感到一种近似痛恨的感情。事有凑巧,德莫夫偏偏在这当儿看见了叶戈鲁什卡,叶戈鲁什卡已

经从车上爬下来,往水井走去。他哈哈大笑,叫道:

"哥儿们,老头儿昨天晚上生了个男孩子!"

基留哈用他的男低音笑起来,笑得直咳嗽。还有个人也笑。叶戈鲁什卡涨红了脸,从此断定德莫夫是个很坏的人。

德莫夫生着金色的鬈发,没戴帽子,衬衫敞着怀,看上去很漂亮,长得非常强壮。从他的一举一动都可以看出他爱捣乱,力气大,深知自己的本事。他扭动着肩膀,两手插在腰上,说笑的声音比谁都响亮,仿佛打算用一只手举起一个很重的东西,震惊全世界似的。他那狂妄的、嘲弄的眼光在大道、货车、天空上溜来溜去,不肯停留在什么东西上,好像因为无事可做,很想找个人来一拳打死,或者找个东西来取笑一番似的。他分明谁也不怕,什么也拦不住他,叶戈鲁什卡对他有什么看法,他大概一点也不放在心上……可是叶戈鲁什卡已经从心底里恨他那金发、他那光溜的脸、他那力气,带着憎恶和恐惧听他的笑声,已经打定主意要找点骂人的话来报复他了。

潘捷列也走到水桶这儿来了。他从衣袋里拿出一个小绿杯子,那原是神像前的长明灯,然后他用一小块破布把它擦干净,在水桶里舀满水,喝完了,再舀满,再喝完,然后用破布把它包起来,放进衣袋。

"老爷爷,你为什么用灯喝水?"叶戈鲁什卡惊奇地问道。

"有人凑着桶子喝水,有人用灯喝水,"老头儿支支吾吾地说,"各人有各人的章法……你凑着桶子喝水,好,那就喝个够吧……"

"你这宝贝儿啊,你这小美人哟!"瓦夏忽然用爱抚的、含泪的声调说,"我的心肝啊!"

他的眼睛凝望着远方,那两只眼睛变得油亮,含着笑意,他的脸上带着方才看叶戈鲁什卡时候的那种表情。

"你在跟谁说话?"基留哈问。

"我说的是一只可爱的小狐狸……跟小狗那样仰

面朝天躺在那儿玩呢……"

人人开始眺望远方,寻找那只狐狸,可是什么也看不见。只有瓦夏一个人用他那混浊的灰眼睛看见了什么,而且看得入了迷。他的眼睛非常尖,这是叶戈鲁什卡后来才知道的。他看得那么远,因此荒凉的棕色草原对他来说永远充满生命和内容。他只要往远方一看,就会瞧见狐狸啦,野兔啦,大鸨啦,或者别的什么远远躲开人的动物。看见一只奔跑的野兔或者一只飞翔的大鸨,那是没有什么稀奇的,凡是走过草原的人都看得见,可是未必人人都有本领看见那些不是在奔逃躲藏,也不是在仓皇四顾,而是在过着家庭生活的野生动物。瓦夏却看得见玩耍的狐狸、用小爪子洗脸的野兔、啄翅膀上羽毛的大鸨、钻出蛋壳的小鸨。由于眼睛尖,瓦夏除了大家所看见的这个世界以外,还有一个自己独有而别人没份的世界。那世界多半很美,因为每逢他看见什么,看得入迷的时候,谁也不能不嫉妒他。

货车队往前走的时候,教堂正敲钟召人去做弥撒。

五

这一串货车在一个村子外面一条河旁停下来。太阳跟昨天一样炎热,一点风也没有,叫人发闷。河岸上有几株杨柳,可是树的阴影不落在土地上,却映在水面上,变得一无用处了,就连躺在货车底下的阴影里,也还是闷热不堪,使人心里憋得慌。水映着天空而发蓝,热烈地引诱人们到它那儿去。

叶戈鲁什卡直到现在才注意到一个车夫,叫斯乔普卡,是个十八岁的乌克兰小伙子,上身穿一件长衬衫,没系腰带,下身穿一条肥裤子,散着裤腿,走起路来裤腿像旗子一样飘动。他很快地脱下衣服,顺着高陡的河岸跑下去,扑通一声跳进水里。他钻进水里三回,然后仰面朝天地游泳,快活得闭上眼睛。他的脸带着微笑,起着皱纹,好像他觉得又痒又痛,而且感到好笑似的。

在找不到地方躲避溽暑和窒闷的热天,水的拍溅声和游泳者很响的呼吸声在人们的耳朵里就成了美妙的音乐。德莫夫和基留哈学斯乔普卡的样,也赶紧脱光衣服,大声笑着,预先体味着舒服的味道,接连跳进水里。那条安静的、不起眼的小河里就响彻了喷鼻声、拍水声、嚷叫声。基留哈咳嗽,欢笑,嚷叫,好像他们要叫他淹死似的,德莫夫呢,追他,极力要拉住他的后腿。

"哈——哈——哈!"他嚷叫着,"逮住他!抓住他!"

基留哈扬声大笑,痛快得很,可是他脸上的表情却跟原先在陆地上一样惊愕,发愣,仿佛有人偷偷溜到他背后,拿斧背打了他的脑袋似的。叶戈鲁什卡也脱掉衣服,可是并没有走下河岸的高坡,却一阵风似地往前猛跑几步,飞下去,离水面有一俄丈半高。他的身体在空中画了一道弧线,落进水里,沉得很深,可是没有碰到底。有一股不知什么力量使他感到又凉快又舒服,把他托起来,送回水面上来了。他钻出水面,喷鼻子,吹水泡,睁开眼睛。可是太阳正巧映在贴近他脸的水面上。先是耀眼的光点,随后是彩虹和黑斑,照进了他的眼睛。他赶紧又沉进水里,在水里睁开眼睛,看见一片迷茫的绿色,就跟月夜的天空一样。原先那股力量又不让他沉到水底,不让他待在凉爽里,却把他托上水面来。他钻出水面,深深呼一口气,不但胸膛里觉得畅快清新,就连肚子里也感觉到了。然后,为了要尽情享受河水,他就让自己随意玩各种花样:仰面躺在水面上,享享福,拍拍水,翻个跟头,然后背朝上游,侧着身子游,仰面游,立着游,总之随自己高兴,游累了为止。对岸长着茂密的芦苇,河岸让太阳涂上一层金光,芦花像美丽的穗子似的低垂到水面上。有一个地方,芦苇在颤动,芦花点头,传来水的拍溅声,原来斯乔普卡和基留哈在那儿"抓"虾呢。

"虾!瞧,哥儿们,虾!"基留哈得意地叫道,果然捞出一只虾来。

叶戈鲁什卡游到芦苇那儿,沉进水里,开始在芦苇根的周围摸索。他在又稀又黏的淤泥里找来找去,摸到一个尖尖的、手碰上去不舒服的东西,也许真的就是一只虾。可是这当儿不知谁抓住他的后腿,把他拉到水面上去了。叶戈鲁什卡让水呛得喘不过气来,咳嗽着,睁开眼睛,看见面前是捣蛋鬼德莫夫那张水淋淋的、笑嘻嘻的脸。这个捣蛋鬼正在喘气,从他的眼神看来,他打算把这玩笑再开下去。他一手拉紧叶戈鲁什卡的腿,已经抬起另一只手要掐他的脖子了;叶戈鲁什卡又讨厌又害怕,仿佛不愿意他碰到自己,又害怕那大力士会淹死他,就挣脱他的手说:

"傻瓜!我要给你一个嘴巴!"

他觉得这还不够表现他的痛恨,想了一想,又说:

"坏蛋!狗崽子!"

可是德莫夫却满不在乎,已经不再答理叶戈鲁什卡,游着水去找基留哈了,嘴里嚷着:

"哈——哈——哈!咱们来捉鱼吧!伙计,捉鱼吧!"

"行啊,"基留哈同意道,"这儿一定有很多鱼……"

"斯乔普卡,跑到村子里去,向庄稼人借个网子来!"

"他们不肯给的!"

"他们肯的!你央求他们好了!跟他们说,看在上帝份上,求他们借给我们,因为我们跟朝山进香的人差不多啊。"

"这是实在的!"

斯乔普卡就爬出水来,赶快穿上衣服,帽子也没戴,肥肥的裤腿一扇一扇的,跑到村子那边去了。叶戈鲁什卡自从跟德莫夫起了冲突以后,就觉得水失去了一切魅力。他走出水来,开始穿衣服。潘捷列和瓦夏坐在高陡的河岸上,垂下双腿,瞧着游泳的人。叶美里扬光着身子站在岸边水里,水齐膝头。他一只手拉着草,深怕摔下去,另一只手摩挲自己的身子。他那瘦削的肩胛骨,加上眼睛底下的疙瘩和他弯着腰、分明怕水的样子,使他显得滑稽可笑。他面容认真,严厉。他生气地瞧着水,好像打算把水痛骂一顿,因为以前顿涅茨河水使他受了凉,倒了嗓。

"你为什么不游泳?"叶戈鲁什卡问瓦夏。

"哦,不为什么……我不喜欢游泳……"瓦夏回答。

"你的下巴怎么会肿的?"

"有病……我从前在火柴厂做过工,少爷……大夫说,我的下巴就因为这个缘故才肿的。那儿的空气于人的身体有害。除了我以外,还有三个伙伴的下巴也肿了,其中有一个的下巴完全腐烂了。"

斯乔普卡不久就拿着网子回来了。德莫夫和基留哈在水里泡了许久,身上开始现出淡紫色,嗓子发哑,可是他们还是热心地捉鱼。他们先到芦苇旁边一个水深的地方去捉。那儿的河水齐到德莫夫的脖子,淹及矮小的基留哈的脑袋。基留哈嘴里呛进水去,吹出水泡。德莫夫被带刺的芦苇绊了一下,摔下去,缠在网子里。两个人在水里胡乱挣扎,闹出一片响声。他们打鱼的结果只是胡闹一场罢了。

"水深得很,"基留哈哑着嗓子说,"什么也捉不着!"

"别拉呀,你这鬼东西!"德莫夫嚷着,极力要把网撒在合适的地方,"用手抓紧!"

"在这儿你们什么也捉不着,"潘捷列在岸上对他们嚷道,"你们反而把鱼吓跑了,笨蛋!悄悄往左边去!那边水浅一点!"

有一回,一条大鱼在网子上面一闪;他们全都啊的叫了一声,德莫夫用拳头朝着那条鱼溜去的地方打了一拳,他的脸现出懊丧的神情。

"唉!"潘捷列叫道,顿一顿脚,"你们放跑了一条鲈鱼!它跑了!"

德莫夫和基留哈悄悄往左边移去,渐渐摸索到一个水比较浅的地方,在那儿认真地打起鱼来。他们离开货车已经大约有三百步远;可以看见他们一声不响,轻轻地迈腿,极力往水深处和靠近芦苇的地方走去,撒出鱼网,他们为了吓唬鱼,把它赶进网里去,就用拳头打水,把芦苇弄得沙沙地响。他们从芦苇那儿走到对岸,把网子拉过去,然后现出失望的神气,高高地抬起膝头,走回芦苇丛里。他们在谈话,可是讲的是什么,谁也听不见。太阳晒他们的背,苍蝇叮他们,他们的身子从淡紫色变成了深红色。斯乔普卡手里拿着桶子,跟在他们后面,把衬衫一直卷到胳肢窝底下,用牙齿衔着衬衫的底襟。每逢得了手,捉到鱼,他总是举起那条鱼来,让它在阳光里发亮,嚷道:

"瞧,什么样的鲈鱼啊!已经有五条了!"

每逢德莫夫、基留哈、斯乔普卡拉出网来,就可以看见他们在网里的烂泥里摸索很久,把一些东西放进桶里,把另外的东西丢掉。有时他们在网子里找着什么东西,就互相传递,好奇地察看一番,然后又把它丢掉……

"什么东西啊?"岸上的人对他们喊道。

镜　子　集

斯乔普卡回答了一句什么话,可是很难听清。随后,他爬出水来,双手捧着桶子,忘了把衬衫放下来,向货车那边跑去。

"桶满了!"他喘吁吁地嚷道,"再给我一个桶!"

叶戈鲁什卡朝桶子里看一看,果然满了。一条小狗鱼把它的丑鼻子探出水面,四周聚集着许多虾和小鱼。叶戈鲁什卡伸手到桶底,搅动水,狗鱼躲到虾底下去,换了一条鲈鱼和一条鲤鱼浮到水面上来了。瓦夏也朝桶子里瞧了瞧。他的眼睛跟先前看见狐狸一样变得油亮,脸色柔和了。他在桶里拿起一个什么东西,放在嘴里,嚼起来。可以听见他嚼出咯吱咯吱的声音。

"伙伴们,"斯乔普卡惊讶地说,"瓦夏在吃活的鉤鱼呐! 呸!"

"不是鉤鱼,是鲦鱼。"瓦夏安静地回答说,仍旧在咀嚼。

他从嘴里拉出一根鱼尾巴来,温柔地看一下,又放回嘴里。他咀嚼的时候,牙齿发出咯吱咯吱的声音,叶戈鲁什卡觉得眼前看见的好像不是人。瓦夏的肿下巴,他那没有光彩的眼睛,他那非常尖锐的眼神,他嘴里的鱼尾巴,他嚼鱼时那种温柔的神情,使他活像一头牲畜。

叶戈鲁什卡在他身旁觉得无聊。而且打鱼也已结束。他在货车旁边走来走去,想了一想,由于烦闷,就慢慢地往村子那边走去。

过了不久,他已经站在教堂里,脑门子贴在人家的发出大麻气味的背上,听唱诗班歌唱。弥撒快要做完了。叶戈鲁什卡听不懂教堂里唱的是什么,也就没心思听下去。他听了一会儿,打个呵欠,开始观看别人的后脑勺和背脊。有一个人由于刚刚洗过澡,后脑勺又红又湿,他认出是叶美里扬。他脑后的一圈头发剪得比平常人高,鬓角的头发也剪得比常人高,两只红耳朵竖起,活像两片牛蒡,仿佛耳朵自己也觉得生的不是地方似的。叶戈鲁什卡瞧着他的后脑勺和他的耳朵,不知怎,觉得他大概很不幸。叶戈鲁什卡想起他用两只手指挥的样子,嘶哑的嗓子,洗澡时候的胆怯神气,觉得十分可怜他,很想对他说几句亲切的话。

"我也在这儿!"他拉拉他的袖子说。

凡是在唱诗班中唱高音或低音的人,特别是一生中哪怕只做过一回指挥的人,总是惯于用严厉而厌恶的神气看待孩子们。就是后来离开了唱诗班,他们也不会改掉这种习惯。叶美里扬转过身来向着叶戈鲁什卡,皱起眉头看他一眼,说:

"别在教堂里淘气!"

于是叶戈鲁什卡往前挤去,更靠近神龛一点。在这儿,他看见一些有趣的人。在右边,众人前面,有一个太太和一个老爷站在地毯上。他们身后各有一把椅子。老爷穿着新烫平的茧绸裤子,站在那儿一动也不动,就跟行敬礼的兵一样,把他那剃光胡子的发青的下巴翘得高高的。在他那竖起的衣领上,在发青的下巴上,在小小的秃顶上,在细手杖上,都现出一种了不起的尊贵气派。由于尊严过了分,他的脖子使劲伸直,他的下巴那么用力地翘起来,好像他的脑袋随时准备脱落、向上飞去似的。太太呢,又胖又老,戴着白绸披巾,偏着头,看样子好像刚刚赐了谁什么恩典,想要说:"唉,不必费事道谢了!我不喜欢那样……"地毯四周站着许多乌克兰人,像一堵厚墙。

叶戈鲁什卡走到神龛那儿,开始吻神像。他在每个神像面前不慌不忙地跪下去叩头,还没站起来就回头看那些做弥撒的人,然后站起来吻神像。他的前额碰到冰凉的地板,使他觉得很舒服。等到教堂看守人从圣坛上下来,拿一把长镊子夹灭烛心,叶戈鲁什卡就很快地从地板上跳起来,跑到他跟前去。

"圣饼发过了没有?"他问。

"没有了,没有了……"看守人阴沉地喃喃道,"用不着在这儿等了……"

弥撒做完了。叶戈鲁什卡不慌不忙地走出教堂,到广场上去溜达。他生平已经见过不少村子、广场、农民,因此现在他眼睛所遇到的东西完全引不起他的兴趣。他没事可做,想要干点儿什么事来消磨时间,就走进一家铺子。铺子门口挂着一块宽阔的红布门帘。这家店分成两边,挺宽敞,然而光线不足,一边卖衣料和食品杂货,另一边摆着成桶的焦油,天花板上吊着马轭,两边都有皮子和焦油的好闻的气味。店里地板上洒过水,洒水的人大概是个大幻想家和自由思想家,因为整个地板简直布满了图案和符咒的花样。吃得挺胖的店老板,有着一张宽脸和一把圆胡子,大概是大俄罗斯人,站在柜台里边,肚子顶住一张斜面的办公桌。他正在嚼着糖喝茶,每喝一口就长长地吁一口气。他的脸上流露着十足的冷淡,可是在每一声长吁中都可以听出这样的意思:"等着吧,我要揍你一顿!"

"给我一戈比的葵花子!"叶戈鲁什卡对他说。

店老板扬起眉毛,从柜台里面走出来,往叶戈鲁什卡的衣袋里倒了一个戈比的葵花子,他是用一个空的生发油小瓶量葵花子的。叶戈鲁什卡并不想走。他对那一盒盒蜜饼仔细看了很久,想了一想,用手指着那些

年陈日久而生出褐色霉斑的粘在一块儿的小蜜饼,问道:

"这种蜜饼多少钱一个?"

"一戈比买两个。"

叶戈鲁什卡从口袋里拿出前一天犹太女人送给他的那块蜜饼,问道:

"像这样的饼你这儿要卖多少钱?"

老板用手接过那块饼来,翻来覆去看了一番,扬起一道眉毛。

"像这样的吗?"他问。

然后他扬起另一道眉毛,沉吟一下,答道:

"三个戈比两个……"

随后是沉默。

"您是谁家的孩子?"老板问道,拿过一个红的铜茶壶来为自己斟茶。

"伊万·伊万内奇的外甥。"

"叫伊万·伊万内奇的人多的是哟,"老板说,吁口气。他的目光掠过叶戈鲁什卡的头顶朝门口望过去,沉默一下,问道:"您想喝茶吗?"

"劳驾……"叶戈鲁什卡有点勉强地同意道,其实他非常想喝每天早晨他一定喝到的早茶。

老板替他斟好一杯茶,随带给他一块已经被人啃过的糖。叶戈鲁什卡在一张折椅上坐下,喝起来。他还想问一磅①糖杏仁卖多少钱,刚要开口问,忽然一位顾客走进来了,老板就把他那杯茶放在一边,去做生意。他领着顾客走到冒出焦油气味的那半边去,跟他谈了很久。顾客大概是个很固执、很有主见的人,不断地摇头,表示不赞成,一步步向门口退去。老板总算把他说服了,开始为他往一个大口袋里倒燕麦。

"你管这个也叫燕麦?"顾客悲叹地说,"这不是燕麦,这是麸皮,连鸡见了都会觉得好笑……不行,我要到邦达连柯那儿去!"

---

① 此处指俄磅,1 俄磅等于 409.5 克。

叶戈鲁什卡回到河边的时候,岸上正有一小堆篝火在冒烟。这是车夫们在烧饭。斯乔普卡站在烟雾里,拿一把缺口的大勺在锅里搅动。旁边不远的地方,基留哈和瓦夏,被烟熏红了眼睛,坐在那儿收拾鱼。他们面前放着布满烂泥和水草的渔网,上面躺着亮闪闪的鱼和爬来爬去的虾。

叶美里扬刚从教堂里回来不久,坐在潘捷列身旁,挥动胳臂,用哑嗓子唱着,声音小到刚刚能够让人听见:"我们对您唱着……"德莫夫在那些马儿身旁走动。

基留哈和瓦夏收拾好鱼,就连鱼带活虾一齐放进水桶,洗一洗干净,从桶里统统倒进沸滚的水里。

"放油吗?"斯乔普卡问,用大勺撇掉水面上的沫子。

"何必呢?鱼自己会出油的。"基留哈回答。

斯乔普卡从火上端下锅子来以前,先往水里放了三大把小米和一勺盐。末后,他尝了尝口味,吧嗒几下嘴唇,舔舔勺子,满意得喉咙里咔咔地响,这意思是说稀饭煮熟了。

除了潘捷列以外,大家都围着锅子坐下,用勺子吃起来。

"喂,你们!给那小子一个勺子!"潘捷列严厉地说,"大概他也想吃!"

"我们这是乡下人的饭食!……"基留哈叹了口气,说。

"人饿了,就是乡下人的饭食也是好吃的。"

他们就给叶戈鲁什卡一个勺子。他吃起来,然而不是坐着,却站在锅子旁边,低头瞧着锅里就跟瞧着深渊似的。锅里冒出鱼腥味,小米里常碰到鱼鳞。虾用勺子舀不起来,吃饭的人干脆就用手到锅子里去捞。瓦夏在这方面尤其毫无顾忌,不但在稀饭里弄湿了手,还浸湿了袖子。不过,叶戈鲁什卡仍旧觉得稀饭挺好吃,使他想起在家的时候母亲逢到斋日常给他烧的虾汤。潘捷列坐在一旁,嚼着面包。

"老大爷,你怎么不吃?"叶美里扬问他。

"我不吃虾……去它的!"老头儿说,嫌弃地扭转身去。

他们一面吃饭,一面随意谈话。从谈话里叶戈鲁什卡听出他这些新朋友,尽管年龄和性格不同,却有一个使他们彼此相像的共同点:他们这些人过去的情况都很好,现在都不妙。讲起自己过去的事,他们个个都喜形于色,他们对待现在却差不多带着轻蔑的态度。俄罗斯人喜欢回忆,却不喜欢生活,这一点叶戈鲁什卡还不懂。这顿饭还没吃完,他就已经深深相信,围住锅子坐着的这些人都是受尽命运的捉弄和凌辱的人。潘捷列说:想当初在没有铁路以前,他常押着货车队在莫斯科和下诺夫戈罗德中间来往,赚到那么多的钱,简直不知道该怎么花才好。而且那年月的商人是什么样的商人,那年月的鱼是什么样的鱼,一切东西多么便宜啊!现在呢,道路短了,商人吝啬了,老百姓穷了,粮食贵了,样样东西都缩得极小了。叶美里扬告诉他们说:

从前他在卢甘斯克工厂的唱诗班里做事,有挺好的嗓子,又善于看乐谱。现在呢,变成农民,靠哥哥过活了。哥哥拨给他几匹马,打发他出来干活,为此,哥哥拿去他的一半收入。瓦夏原先在火柴厂做工。基留哈从前在一个好人家当车夫,在全区被人认为是个驾三匹马的上等车夫。德莫夫是一个富裕的农民的儿子,生活舒适,玩玩乐乐,无忧无虑;可是他刚满二十岁的那年,他那严厉专横的父亲想要训练他干正事,生怕住在家里会惯坏他,就打发他来干运输的行业,就跟没有田地的农民或者工人一样。只有斯乔普卡一个人没说什么,不过从他的没胡子的脸上可以看出,他过去的生活一定也比现在好得多。

一提起父亲,德莫夫就皱起眉头,不吃了。他阴郁地瞧着他的同伴们,把眼光停在叶戈鲁什卡身上。

"你这邪教徒,把帽子脱掉!"他粗鲁地说,"难道可以戴着帽子吃东西?你还算是上流人呐!"

叶戈鲁什卡摘下帽子,没说话,可是再也尝不出稀饭的好滋味了,也没听到潘捷列和瓦夏怎样为他抱不平。对那捣蛋鬼的愤恨,在他的胸膛里郁闷地翻腾着。他下了决心,不管怎样也要叫这人吃点苦头。

饭后,大家走到货车那边,在阴影里躺下来。

"我们马上就要动身了吗,老爷爷?"叶戈鲁什卡问潘捷列。

"上帝叫我们什么时候走,我们就什么时候走……现在还不动身,天太热……唉,主,这是您的旨意,圣母……躺下吧,小子!"

不久,每一辆货车下面都传出打鼾的声音。叶戈鲁什卡很想再到村子里去,可是想了一想,却打个呵欠,挨着老头儿躺下去了。

六

货车在河边待了一整天,等到太阳落下去,才从原地动身。

镜 子 集

叶戈鲁什卡又躺在羊毛捆上,货车轻声地吱吱嘎嘎响,摇晃个不停。潘捷列在下面走着,顿脚,拍大腿,嘴里唠唠叨叨。空中响起草原的音乐,跟昨天一样。

叶戈鲁什卡仰面朝天躺着,把手枕在脑袋底下,看上面的天空。他瞧见晚霞怎样灿烂,后来又怎样消散。保护天使用金色的翅膀遮住地平线,准备睡下来过夜了。白昼平安地过去,安静和平的夜晚来临了,天使可以安宁地待在天上他们的家里了……叶戈鲁什卡看见天空渐渐变黑,暗影落在大地上,星星接连地亮起来。

每逢不移开自己的眼睛,久久地凝望着深邃的天空,那么不知什么缘故,思想和感情就会汇合成为一种孤独的感觉。人们开始感到一种无可补救的孤独,凡是平素感到接近和亲切的东西都变得无限疏远,没有价值了。那些千万年来一直在天空俯视大地的星星,那本身使人无法理解、同时又对人的短促生涯漠不关心的天空和暗影,当人跟它们面对面、极力想了解它们的意义的时候,却用它们的沉默压迫人的灵魂,那种在坟墓里等着我们每个人的孤独,就来到人的心头,生活的实质就显得使人绝望,显得可怕了……

叶戈鲁什卡想到奶奶,她现在安眠在墓园里樱桃树底下,他想起她怎样躺进棺材里,两枚五戈比的铜钱压在她的眼睛上,后来人家又怎样给她盖上棺材,把她放进墓穴,他还想起一小块一小块的泥土落在棺材盖上那种低沉的响声……他想象他的奶奶躺在漆黑狭窄的棺材里,孤苦伶仃,没人照应。他的想象画出奶奶怎样忽然醒来,不知道自己在什么地方,就敲打棺材盖子,喊救命,到头来害怕得衰弱不堪,又死了。他想象母亲死了,赫利斯托福尔神甫死了,德兰尼茨卡雅伯爵小姐死了,索罗蒙死了。可是,不管他怎样极力想象自己离家很远,无依无靠,孤苦伶仃,死僵僵地睡在黑暗的坟墓里,却总也想不出那是什么样的情形。就他个人来说,他不承认自己有死的可能,觉得自己永远也不会死……

可是已经到了该死的时候的潘捷列却在下面走

动,数说自己的思想。

"挺不错,是好老爷……"他喃喃道,"他的小子给带去上学;可是他在那边怎么样,那就不知道了……在斯拉维扬诺塞尔布斯克,我是说,那儿没有一个学堂能教人大学问……没有,这是实在的。不过那小子好,挺不错……等他长大,会做他父亲的帮手……你,叶戈里,现在还是个小不点儿,可是你将来会长大,养活你爹娘……上帝是这么规定的……'孝敬你的父亲和你的母亲'……我自己也有过儿女,可是他们都烧死了……我的老婆烧死了,儿女也烧死了……这是实在的,在主显节①晚上,我们那小木房着火了……当时我不在家,我赶车到奥廖尔去了。赶车到奥廖尔去了……玛丽亚冲出屋来,到了街上,可是想起小孩还睡在屋里,就跑回去,结果跟孩子一块儿烧死了……是啊……第二天他们只找着碎骨头。"

---

① 基督教的节日,在旧俄历1月6日。

午夜光景，车夫们和叶戈鲁什卡又围绕一小堆篝火坐着。等到杂草烧起来，基留哈和瓦夏就到山沟里的什么地方去取水。他们消失在黑暗里，不过一直听得见他们铁桶子丁冬的响声和他们讲话的声音，可见山沟一定不远。篝火的火光在地上铺了一大片闪烁的光点，虽然明月当空，火光以外却好像是一片漆黑，什么也看不见。亮光照着车夫们的眼睛，他们只看见大道的一部分。那些货车载着货包，套着马儿，在黑暗里几乎看不清，样子像是一条不定型的大山脉。离篝火二十步远，在大道跟旷野交界的地方，立着一个坟墓上的木头十字架，向一侧歪斜着。叶戈鲁什卡在篝火还没烧起来以前，还能看见远处东西的时候，留意到大道的另一边也立着一个同样歪斜的旧十字架。

基留哈和瓦夏提着水回来，倒满锅子，把锅子架在火上。斯乔普卡手里拿着那把缺口的勺儿，站在锅子旁边的烟雾里，呆望着水，等沫子浮上来。潘捷列和叶美里扬并排坐着，闷声不响，不知在想什么。德莫夫趴在地上，用拳头支起脑袋，瞧着火，斯乔普卡的影子在他身上跳动，因此他漂亮的脸一会儿给黑暗盖住，一会儿又突然发红……基留哈和瓦夏在不远的地方走动，收捡杂草和桦树皮来烧火。叶戈鲁什卡把两只手放在衣袋里，站在潘捷列身旁，瞧着火怎样吞吃杂草。

大家都在休息，思索着什么，匆匆看一眼十字架，一块块红光正在十字架上跳动。孤零零的坟墓显得忧郁，好像在沉思，极有诗意……坟墓显得多么沉静，在这种沉静里可以感到这儿存在着一个身世不详、躺在十字架底下的人的灵魂。那个灵魂在草原上觉得好受吗？在月夜，它不悲伤吗？靠近坟墓的一带，草原也显得忧郁，凄凉，若有所思，青草悲伤，螽斯的叫声好像也拘束多了……没有一个过路的人不记起那个孤独的灵魂，一个劲儿地回头看那座坟墓，直到那坟远远地落在后面，掩藏在雾气里……

"老爷爷，为什么立着这个十字架？"叶戈鲁什卡问。

潘捷列瞧一瞧十字架,然后又瞧一瞧德莫夫,问道:

"米科拉①,这不就是早先割草人打死商人们的那块地方吗?"

德莫夫勉强用胳臂肘撑起身子来,瞧一瞧大路,答道:

"就是这地方……"

随后是沉默。基留哈折断一些枯草,把它们捏成一团,塞在锅子底下。火燃得更旺了。斯乔普卡笼罩在黑烟里,十字架的影子在大道上货车旁边的昏光里跑来跑去。

"对了,是他们打死的……"德莫夫勉强地说着,"有两个商人,爷儿俩,坐着车子去卖神像。他们在离这儿不远的一家客栈里住下,现在那家客栈由伊格纳特·福明开着。老的喝多了酒,夸起口来,说是他身边

---

① 尼古拉的俗称。

带着很多钱。大家全知道,商人都是爱说大话的家伙,求上帝别让我们犯那种毛病才好……他们在我们这班人面前总是忍不住要装得阔气些。当时有些割草人在客栈里过夜。商人夸口的话,他们全听见了,就起了意。"

"啊主!……圣母!"潘捷列叹道。

"第二天,天刚亮,"德莫夫说下去,"商人准备动身了,割草人要跟他们搭帮走。'一块儿走吧,老爷。这样热闹点,危险也少一点,因为这是个偏僻的地方啊……'商人为了不让神像被碰坏,就得步行,这刚好合了割草人的心意……"

德莫夫爬起来,跪着,伸一个懒腰。

"是啊,"他接着说,打了个呵欠,"先是平平安安,可是等到商人走到这个地方,割草人就拿起镰刀来收拾他们了。儿子是个有力气的小伙子,从他们一个人的手里抢过一把镰刀,也回手砍起来……临了,当然,那些家伙得了手,因为他们一共有八个人。他们把那两个商人砍得身上没留下一块好地方。他们完事以后,就把两个人从大道上拉走,把父亲拉到大道一边,把儿子拉到另一边。这个十字架的对面路边上,还有一个十字架呢……那个十字架究竟还在不在,那我就不知道了……我在这儿看不见。"

"还在。"基留哈说。

"据说他们事后只找到很少的一点儿钱。"

"很少一点儿,"潘捷列肯定道,"只找到一百卢布。"

"对了,后来他们当中有三个人死了,因为商人也用镰刀把他们砍得很重……他们流血过多。有一个人给商人砍掉一只手,据说他缺一只手跑了四俄里路,人家才在靠近库里柯沃村的一个山冈上找着他。他蹲着,头伏在膝头上,仿佛在想心事,可是细细一瞧,原来已经咽了气,死了……"

"他们是顺着路上的血迹才找到他的……"潘捷列说。

镜　子　集

大家瞧着十字架,又沉静下来。不知从什么地方,多半是从山沟那边吧,飘来鸟儿的悲鸣:"我睡了!我睡了!……"

"世界上有许多坏人哟。"叶美里扬说。

"多着呐,多着呐!"潘捷列肯定地说,往火那边挪近一点儿,带着好像害怕的神情,"多着呐,"他接着低声说,"那样的人,我这一辈子见过好多好多……坏人……正派人和规矩人我见过不少,有罪的人呢,数也数不清……圣母,拯救我们,怜悯我们吧……我记得大概三十年前,也许还不止三十年,有一回我给莫尔尚斯克城的一个商人赶车。那商人是个出色的人,相貌堂堂,身边带着钱……那个商人……他是好人,挺不错……就这么着,我们到一个客栈去住夜。俄罗斯的客栈跟这一带的客栈可不同。在那儿,院子里搭天篷,就跟堆房一样,或者不妨说,跟有钱人家庄园上的谷仓一样。只是谷仓还要高一点。得,我们就在那儿住下了,挺不错。我那位商人住一个房间,我呢,跟马住在一块儿,样样事情都合情合理。就这么着,哥儿们,我在睡觉以前祷告一番,到院子里溜达一下。那天晚上挺黑,什么也看不见,要看也是白费劲。我就这么走了一阵,又回到货车旁边,快要走到了,忽然看见亮光一闪。这是怎么回事?老板跟伙计好像早就上床睡了,客栈里除了商人和我以外又没别的住客……这亮光是打哪儿来的呢?我起了疑……我走过去……往亮光那儿走……求主怜悯我!圣母拯救我!我这么一瞧,原来靠近地面有个小窗子,外面安着铁格子……在正房底下……我趴在地上,往里瞧;我这一看不要紧,周身都凉了……"

基留哈极力不出声地拿一把杂草塞进火里。老头儿等枝子哗哗剥剥爆过,哔哔响过以后,说下去:

"我往那儿这么一瞧,原来是个地窖,好大哟,漆黑,阴凄凄的……有一个桶,上面摆着一盏小提灯。地窖中央站着十来个人,穿着红衬衫,卷起袖子,在磨长刀……哎呀!原来我们住进黑店,掉到强盗窝里来了!……这可怎么办?我跑到商人那儿,悄悄叫醒他,说:'你别害怕,商家,'我说,'可是咱们的事儿不妙……咱们掉进强盗窝里来了。'我说。他的脸色顿时变了,问道:'我们现在怎么办呢,潘捷列?我带着很多孤儿的钱呐……至于我这条命,'他说,'那随上帝的意思好了。我不怕死,可是丢掉了孤儿的钱才可怕呀。'他说。这可怎么办?大门上了锁。坐车也好,走路也好,都出不去……要是有一道围墙,那倒也好翻过去,可是院子上面有天篷啊!……'喂,商家,你也不用害怕,'我说,'对上帝祷告好了。也许主不肯让孤儿受屈。就在这儿待着吧,'我说,'别有什么动静,趁这工夫,也许我会想出什么办法来……'好!……我就向上帝祷告,上帝叫我想出妙法来了……我爬上马车,轻轻地……轻轻地,不让别人听见,拉掉房顶上的麦秆,挖了个小洞,往外爬……往外爬……然后我跳下房顶,顺大路拚命跑。我跑啊跑的,累得要死……大概我一口气跑了有五俄里路,也许还不止五里……谢天谢地,我一瞧,前边有个村子。我跑到一所农舍跟前,敲窗子。'东正教徒啊,'我说,就把事情原原本本讲给他们听了,'别眼看基督徒的灵魂毁掉吧……'我把大家全叫醒了……农民们会齐了,跟我一块儿去……有人拿着绳子,有人拿着棒子,有人拿着草叉子……我们打进客栈的院门,直奔地窖……强盗们刚刚磨完刀子,正要去杀商人。农民们逮住他们,一个也没漏网,把他们捆起来,押到官长那儿去了。商人一高兴,送给他们三百卢布,给我五个金币,写下了我的姓名作为纪念。据说后来在地窖里搜到好多好多的人骨头。人骨头……可见,他们抢了人家的钱,埋掉尸首,好不留一点痕迹……嗯,后来,他们在莫尔尚斯克让刽子手给收拾了。"

潘捷列讲完故事,四下看看听讲的人。他们一声不响,瞧着他。水已经开了,斯乔普卡在撇沫子。

"油准备好了吗?"基留哈小声问他。

"等一等……马上就去拿。"

镜 子 集

斯乔普卡拿眼睛盯紧潘捷列,跑到货车那边去,仿佛生怕自己不在,潘捷列又开头讲别的故事似的。不久他就拿着一个小小的木碗回来,开始在碗里把生猪油研碎。

"又有一回,我也是跟一个商人一块儿上路……"潘捷列说下去,声音跟先前一样低,眼睛眨也不眨。"他的名字,我现在还记得,是彼得·格里戈里伊奇。他是个好人……那商人……我们也是住在一个客栈里……他住一个小房间,我跟马睡在一块儿……老板夫妇好像挺好,挺和气。伙计们也好像没什么。可是,哥儿们,我睡不着,我的心觉出来了! 觉出来了,就是这么的。大门开着,四下里有许多人,可我还是好像害怕,心不定。大家早已睡下。夜深了。不久就该起床,可是只有我一个人躺在马车里,合不上眼睛,仿佛我是猫头鹰似的。后来,哥儿们,我听见这样的声音,'咚! 咚! 咚!'有人悄悄走到马车这儿来了。我探出头去一看,原来是个乡下女人,只穿一件衬衣,光着脚……

'你有什么事,大嫂?'我问。她呢,周身打抖,脸色慌张……'起来好人!'她说,'糟了!……老板他们起了坏心……他们要干掉你那个商人。'她说,'我亲耳听见老板跟老板娘叽叽咕咕地商量……'果然,我不是白担心!'你是谁?'我问。'我是他们的厨娘。'她说……好!……我就从马车上下来,到商人那儿去。我叫醒他,一五一十告诉他,说:'彼得·格里戈里伊奇,事情不妙……老爷,以后再睡吧,趁现在还有时间,赶紧穿好衣服,'我说,'咱们尽早躲开灾祸吧……'他刚刚穿衣服,门就开了,了不得!……我这么一看,圣母呀!客栈老板和他老婆带着三个伙计走进我们房里来了……看来,他们跟工人也勾结起来了。'这位客商有不少钱,拿出来大家分。'他们说……这五个人手里都拿着长刀……长刀……老板锁上房门,说:'向上帝祷告吧,旅客……要是你们叫起来,'他说,'我们就干脆不准你们在临死的时候祷告……'谁还叫得出来啊!我们害怕得嗓子里都堵住,喊也喊不出来了……

商人哭着说:'正教徒！你们决心杀死我,'他说,'是因为看中我的钱。那么要杀就杀吧,反正我既不是第一个,也不是末一个,我们商人已经有很多人在客栈里被人谋害了。可是,教友们,'他说,'为什么要杀死我的车夫呢？为什么要连累他为我的钱遭殃？'他说得那么沉痛！可是老板对他说:'要是我们让他活着,'他说,'那他就会第一个告发我们,'他说,'杀一个也好,杀两个也好,反正都一样。犯七件罪,倒一次霉……向上帝祷告吧,你们所能做的只有这件事,用不着废话了！'商人和我就并排跪下,哭哭啼啼地向上帝祷告。他想起他的子女。我那时候还年轻,要活下去……我们瞧着神像,祷告,真是伤心啊,就连现在回想起来也要掉泪……老板娘那个娘儿们瞧着我们说:'你们是好人,'她说,'你们到了另一个世界可别记我们的仇,也别求上帝惩罚我们,我们是因为穷才做这种事的。'我们祷告了又祷告,哭了又哭,上帝可就听见我们的声音了。他必是可怜我们了……老板刚刚揪住商人的胡子，要拿刀砍他的脖子，忽然院子里有人敲窗子！我们都吓一跳，老板的手放下来了……有人敲着窗子，嚷着：'彼得·格里戈里伊奇，你在这儿吗？收拾好，咱们走吧！'老板他们瞧见有人来找商人，害了怕，溜了……我们连忙走到院子里，把马套上车子，一会儿就没影儿了……"

"到底是谁敲的窗子？"德莫夫问。

"敲窗子？一定是圣徒或者天使。不会有别人……我们赶着车子走出院子时，街上一个人也没有……这是上帝干的！"

潘捷列还讲了些别的故事。在他所有的故事里，"长刀"总要出现，听起来全像是胡诌出来的。这些故事是他从别人那儿听来的，还是很久以前自己编出来的，后来记性差了，就把经历和幻想混淆起来，两者分不清楚了呢？这都可能，可是有一件事却奇怪：这一回，以及后来一路上每回讲故事的时候，他只乐意讲一些分明编造出来的故事，却从来不提真正经历过的事。

当时叶戈鲁什卡却把那些故事当做实有其事,每句话都信以为真了。后来他才暗暗觉得奇怪:这么一个人,这辈子走遍了俄罗斯,见闻那么广博,妻子儿女已经活活烧死,居然这么轻视自己的丰富生活,每回篝火旁边坐着,要就一声不响,要就讲些从没发生过的事情。

他们喝稀饭的时候,都闷声不响,只想着刚才听到的故事。生活可怕而奇异,所以在俄罗斯不管讲多么可怕的故事,也不管拿什么强盗窝啦,长刀啦,种种奇迹啦,来装饰它,那故事总会在听讲人的灵魂中引起真实的感受,也许只有学识丰富的人才会怀疑地斜起眼睛,不过就连他也会一声不响。路边的十字架、黑压压的羊毛捆、辽阔的平原、聚在篝火旁边的那些人的命运,这一切本身就又奇异又可怕,传说和神话的离奇怪诞反倒苍白失色,跟生活混淆起来了。

大家凑在锅边吃着,唯独潘捷列坐在一旁,用小木碗喝粥。他的调羹跟别人的不一样,是柏木做的,上面有个小十字架。叶戈鲁什卡瞧着他,想起那做杯子用

的长明灯,就轻声问斯乔普卡:

"为什么老爷爷独自坐在一边?"

"他是个旧派教徒。"斯乔普卡和瓦夏小声回答,同时他们说话的神情显得仿佛在讲一种短处或者秘密的恶习似的。

大家沉默着,想心事。听过那些可怕的故事以后,谁也不想讲平凡的事情了。在沉静中,瓦夏忽然挺直身子,用他那没有光彩的眼睛凝神瞧着一个地方,竖起耳朵来。

"怎么回事?"德莫夫问他。

"有人来了。"瓦夏回答道。

"你看见他在哪儿?"

"在那边!有个微微发白的东西……"

在瓦夏瞧着的那边,除了黑暗以外什么也看不见。大家静听,可是没听见脚步声。

"他从大路上来了?"德莫夫问。

"不,是从旷野上来……上这边来了。"

在沉默中过了一分钟。

"也许是葬在那儿的商人正在草原上溜达吧。"德莫夫说。

大家斜眼看那十字架,面面相觑,忽然哄笑起来;他们为自己的恐惧害臊了。

"他为什么要出来走呢?"潘捷列问,"只有大地不肯收留的人才会夜里出来行走。那两个商人没什么……那两个商人已经戴上殉教徒的荆冠了……"

可是忽然他们听见了脚步声。有人匆匆忙忙地走来。

"他带着什么东西呢。"瓦夏说。

他们开始听见青草在走过来的那个人的脚底下沙沙地响,杂草喀嚓喀嚓地响。可是在篝火的亮光外面什么也看不见。临了,脚步声近了,有个人咳了一声。闪烁的亮光好像让开一条路,事情终于清楚了,车夫们忽然看见面前站着一个人。

不知道是因为火光摇抖不定呢,还是因为大家想先看清来人的脸，总之，怪极了，他们第一眼看见的，先不是他的脸，也不是他的衣服，却是他的笑容。那是一种非常善良、开朗、温柔的笑容，就跟刚被叫醒的小娃娃一样，而且那是一种富于感染力的笑容，叫人很难不用笑容回报他。等到大家看清楚，这才知道原来那陌生人是个三十岁上下的男子，长得难看，没有一点出众的地方。他是个身材很高的乌克兰人，长鼻子，长胳膊，长腿。他处处都显得长，只有他的脖子很短，使他的背有点驼。他上身穿一件干净的、领口绣花的白衬衫，下身穿着白色的肥裤子，脚登新的高筒靴，跟车夫们一比，简直像个大少爷。他抱着一个又大又白的、第一眼看上去样子古怪的东西，而且有一管枪的枪身从他肩膀后面探出来，也很长。

他从暗处走进亮光的圈子里，站住，好像在地里生了根。他有半分钟的工夫瞧着车夫们，仿佛要说："瞧啊，我的笑容多么好看！"然后他朝篝火迈近一步，笑得越发开朗，说：

镜 子 集

"面包和盐①,哥儿们!"

"欢迎你!"潘捷列代表大家回答。

这个生人把怀里抱着的东西放在篝火边(原来那是一只打死的大鸨),又对他们打一次招呼。

大家都走到大鸨那儿,开始细细地看它。

"好一只鸟!你拿什么打死它的?"德莫夫问。

"大砂弹……霰弹打不中它,它不容易接近……买下吧,哥儿们!我只要二十戈比就把它卖给你们。"

"我们要它有什么用,这东西顶好烤着吃,拿它一煮大概就会煮硬,那就咬不动了……"

"唉,真要命!要是把它拿到庄园上的老爷那儿去,他们倒会给我半个卢布。可是路远着呐,足足有十五俄里!"

这个来历不明的人坐下来,取下枪,放在身旁。他好像困了,没精神,笑眯眯的,给火光照得眯细眼睛,大

---

① 对正在吃饭的人的问候辞。

概想起了什么痛快的事。他们递给他一把勺子。他吃起来。

"你到底是什么人?"德莫夫问他。

陌生人没听见这句问话。他没回答,甚至也没看德莫夫一眼。这笑嘻嘻的人大概没尝出稀饭的滋味,因为他有点懒洋洋地、无意识地喝着,临到把勺子举到唇边,有时候勺子里盛得很满,有时候却完全是空的。他并没喝醉酒,不过他的脑子里却有什么荒唐的想法在浮动。

"我在问你:你是什么人啊?"德莫夫又问了一遍。

"我?"来历不明的人一怔,说,"康斯坦丁·兹沃内克,罗夫诺地方人。离这儿大约有四俄里路。"

康斯坦丁想赶紧表明他并不是像他们那样的农民,而要高一等,就连忙添一句:

"我们有养蜂场,而且还养猪。"

"你是跟爸爸住在一块儿,还是另外单过?"

"现在我自己单过,我们分家了。这个月,过了圣彼得节,我成亲了!现在我是娶了媳妇的人!……从办喜事到现在有十八天了。"

"好事!"潘捷列说,"结婚挺不错……这是上帝赐福给你……"

"年轻的老婆待在家里睡觉,他却到草原上来溜达,"基留哈笑道,"怪人!"

仿佛自己身上顶怕痛的地方给人掐了一下似的,康斯坦丁打了个哆嗦,笑起来,脸红了……

"可是主啊,她不在家!"他连忙从嘴边移开勺子说,带着快活和惊奇的表情看一遍所有的人,"她不在家,她回娘家待两天!真的,她走了,我就跟没结婚一样……"

康斯坦丁摆摆手,摇摇脑袋。他打算继续想下去,可是他脸上流露着的欣喜妨碍他想心事。他好像坐得不舒服似的,换了个姿势,笑起来,又摇摇手。他不好意思把他的愉快的念头讲给陌生人听,可又忍不住想要把自己的欢喜告诉别人。

"她上杰米多沃村去看她妈了!"他说,脸红了,把枪换一个地方放,"她明天会回来……她说她回来吃中饭。"

"你闷得慌吗?"德莫夫问。

"啊,主,你想会怎样呢?我们成亲没几天,她就走了……不是吗?哦,不过呢,她是个活泼伶俐的姑娘,要是我说得不对,让上帝惩罚我!她呀,那么好,那么招人喜欢,那么爱笑、爱唱,简直是一团烈火!她在我身边的时候,我的脑筋给弄得迷迷糊糊,可是她一走,我又失魂落魄,跟傻瓜似的在草原上逛荡。我吃完中饭就出来走,真要命。"

康斯坦丁揉揉眼睛,瞧着火,笑了。

"那么,你爱她……"潘捷列说。

"她那么好,那么招人喜欢,"康斯坦丁又说一遍,没听见潘捷列的话,"一个挺好的主妇,又聪明又明事理,在全省的老百姓家里再也找不到像她那样的了。她走了……不过,她一定也惦记我,我知道!我明白,那只小喜鹊!她说明天吃中饭以前回来……这可真是想不到的事啊!"康斯坦丁差不多嚷起来,忽然提高声调,交换一下坐的姿势,"现在她爱我,惦记我,不过当初她还不肯嫁给我呢!"

"可是你吃啊!"基留哈说。

"她不肯嫁我!"康斯坦丁没去听他,接着说,"我追了她三年!我原先是在卡拉契克市集上瞧见她的。我爱她爱得要命,差点没上吊……我住在罗夫诺,她住在杰米多沃,两下里相隔十五俄里路,我简直找不着机会。我打发媒人去见她,她说:'不行!'唉,这只喜鹊啊!我送她这个,送她那个,耳环啦,蜜饼啦,半普特蜂蜜啊,可她还是说:'不行!'真是没办法。不过要是仔细一想,我哪儿配得上她呢?她年轻,漂亮,一团烈火似的,我呢,岁数大,不久就要满三十了,况且长得实在太漂亮,一把大胡子跟一把钉子似的,脸孔也真干净,上面满是疙瘩。我哪儿能跟她相比哟!只有一点还好:我们家富裕,可是瓦赫拉敏基家也不错啊。他们有六头牛,雇着两个长工。哥儿们,我爱她,入了迷……我睡不着,吃不下,满脑子的心事,整天迷迷糊糊,求上帝别叫我们受这份罪才好!我想见她的面,可是她住在杰米多沃……你们猜怎么着?上帝可以作证,我不是说谎:一个星期总有三回,我一步一步走着上那儿去,就为了看她一眼。我扔下活儿不干了!我胡思乱想,甚至想上杰米多沃去做个长工,好跟她挨近一点。我好苦哟!我妈找巫婆来。我爸爸打过我十来回。我足足吃了三年苦,于是下了决心:就是入地狱我也要上城里做马车夫去……这是说,我不走运!刚过复活节,我就上杰米多沃去跟她见最后一面……"

康斯坦丁把头往后一仰,发出一阵细碎的畅快笑声,仿佛刚才很巧妙地捉弄了什么人似的。

"我看见她跟一些年轻小伙子在河边,"他接着说,"我的火上来了……我把她叫到一边,对她说了各式各样的话,大概有一个钟头……她就此爱上我了!她有三年不喜欢我,可是就因为我那一番话,她爱上我了!……"

"你对她说了些什么呢?"德莫夫问。

"说什么?我记不得了……怎么记得住?当时我的话像水管里流出来的水,一刻也不停:哇啦哇啦!现在呢,我却连一个字也说不上来了……哪,她就这么嫁给我了……现在她找她妈去了,这喜鹊一走,我就到草原上来逛荡。我在家里待不住。我受不了!"

康斯坦丁笨拙地把脚从自己身子底下抽出来,在地上躺平,脑袋枕着拳头,然后又起来,坐好。这时候,人人都十分明白这是一个陶醉在爱情中的幸福人,而且幸福到了痛苦的地步。他的微笑、眼睛、一举一动都表现了使他承受不了的幸福。他坐立不安,不知道该照什么样的姿势坐着,该怎么办才不致给他那无数愉快的思想压得筋疲力尽。他在这些生人面前倾吐了心里的话以后,才算能安静地坐好,眼望着火,出神了。

看到这个幸福的人,大家都觉得烦闷,也渴望幸福。人人都心事重重。德莫夫站起来,轻轻地在篝火旁走着。从他的脚步,从他肩胛骨的动作,看得出他难受,烦闷。他站住,瞧着康斯坦丁,坐下来。

这时候篝火熄了。火光不再闪动,那一块红就缩小,暗淡了……火越灭得快,月亮就显得越亮。现在他们看得清辽阔的道路、羊毛捆、货车的辕杠、嚼草料的马儿了。在大道的对面,朦胧地现出另一个十字架……

德莫夫用手托着脸颊,轻声哼着一支悲凉的歌。康斯坦丁带着睡意微笑,细声细气地随着他唱。他们唱了半分钟,就又沉默了……叶美里扬身子抖了一下,活动胳臂肘,手指头也动起来。

"哥儿们!"他用恳求的声音说,"咱们来唱支圣歌!"

眼泪涌上他的眼眶。

"哥儿们!"他又说一遍,拿手按着心,"咱们来唱支圣歌吧!"

"我不会。"康斯坦丁说。

镜　子　集

人人都拒绝,于是叶美里扬就一个人唱起来。他挥动两条胳膊,点头,张开嘴,可是他的嗓子里只发出一种干哑而无声的喘息。他用胳膊唱,用脑袋唱,用眼睛唱,甚至用他的瘤子唱,唱得热烈而痛苦。他越是想使劲从胸膛里挤出一个音符来,他的喘息就越是不出声……

叶戈鲁什卡跟大家一样,也很郁闷。他回到自己的货车旁边,爬上羊毛捆,躺下来。他瞧着天空,想着幸福的康斯坦丁和他的妻子。为什么人要结婚呢?为什么这世界上要有女人?叶戈鲁什卡给自己提出这个模糊的问题,心里想,要是男人身边老是有个温柔、快活、漂亮的女人,那他一定快活吧。不知什么缘故,他想起了德兰尼茨卡雅伯爵小姐,暗想跟那样一个女人一块儿生活大概很愉快。要不是这个想法使他非常难为情,他也许很愿意跟她结婚呢。他想起她的眉毛、双眸、马车、塑着骑士的座钟……宁静而温暖的夜晚扑到他身上来,在他耳旁小声说着什么。他觉得仿佛那个可爱的女人向他凑过来,笑嘻嘻地看他,想吻他似的……

那堆火只留下两个小小的红眼睛,越变越小。车夫们和康斯坦丁坐在残火旁边,黑糊糊的一片,凝神不动,看起来,他们现在的人数好像比先前多得多。两个十字架都可以看清了。远远的,远远的,在大道旁边,闪着一团红光,大概也是有人在烧稀饭吧。

"我们的母亲俄罗斯是全世界的领——袖!"基留哈忽然扯大嗓门唱起来,可是唱了半截就停住,没唱下去。草原的回声接住他的声音,把它带到远处去,仿佛愚蠢本身用沉甸甸的轮子滚过草原似的。

"现在该动身啦!"潘捷列说,"起来,孩子们。"

他们套马的时候,康斯坦丁在货车旁边走动,赞美他的老婆。

"再会,哥儿们!"等到货车队出发,他叫道,"谢谢你们的款待!我还要上火光那边去。我受不了!"

他很快就消失在黑暗里,可以长时间听到他迈步走向火光照耀的地方,对别的陌生人去诉说他的幸福。

第二天叶戈鲁什卡醒来,正是凌晨。太阳还没升上来。货车队停住了。有一个人,戴一顶白色无边帽,穿一身便宜的灰布衣服,骑一头哥萨克的小马,正在最前面的一辆货车旁边跟德莫夫和基留哈讲话。前面离这个货车队大约两俄里,有一些又长又矮的白色谷仓和瓦顶的小屋。小屋旁边既看不见院子,也看不见树木。

"老爷爷,那是什么村子?"叶戈鲁什卡问。

"那是亚美尼亚人的庄子,小子,"潘捷列回答,"亚美尼亚人住在那儿。那个民族挺不错……那些亚美尼亚人。"

那个穿灰衣服的人已经跟德莫夫和基留哈讲完话,勒住他的小马,朝庄子那边望。

"瞧,这算是哪门子事啊!"潘捷列叹道,也朝庄子那边望,在清晨的冷空气中耸起肩膀,"他先前派一个人到庄子里去取一个什么文件,那个人至今没回来……原该派斯乔普卡去才对!"

"这人是谁,老爷爷?"叶戈鲁什卡问道。

"瓦尔拉莫夫。"

我的上帝!叶戈鲁什卡连忙翻身起来,跪着,瞧那顶白色的无边帽。很难看出这个穿着大靴子、骑着难看的小马、在所有的上流人都睡觉的时候跑来跟农民讲话的矮小而不显眼的人原来就是那个神秘的、叫人捉摸不透的、人人都在找他而他又永远"在这一带地方转来转去"、比德兰尼茨卡雅伯爵小姐还要有钱的瓦尔拉莫夫。

"这个人挺不错,挺好……"潘捷列说,朝庄子那边望,"求上帝赐给他健康,挺好的一位老爷……姓瓦尔拉莫夫,名叫谢敏·亚历山德雷奇……小兄弟,这个世界就靠这类人支撑着。这是实在的……公鸡还没叫,他就已经起床了……换了别人,就一定在睡觉,或者在家里陪客人闲扯,可是他却一天到晚在草原上活动……他转来转去……什么事情他都不放松……"

镜 子 集

瓦尔拉莫夫的眼睛没离开那庄子,嘴里在讲着什么。那匹小马不耐烦地调动它的脚。

"谢敏·亚历山德雷奇,"潘捷列叫道,脱掉帽子,"您派斯乔普卡去吧!叶美里扬,喊一声,就说派斯乔普卡去一趟!"

可是这时候总算有个人骑着马从庄子那边来了。那人的身子向一边歪得很厉害,马鞭在头顶上面挥动,像鸟那样快地飞到货车队这儿来,仿佛在表演勇敢的骑术,打算引得每个人的惊叹似的。

"那人一定是替他办事的骑手,"潘捷列说,"他大概有一百个这样的骑手,说不定还要多呢。"

骑马的人来到第一辆货车旁边,勒住他的马,脱掉帽子,交给瓦尔拉莫夫一个小本子。瓦尔拉莫夫从小本子里抽出几张纸来,看了看,叫道:

"伊凡楚克的信在哪儿呀?"

骑士接过小本子去,看一看那些纸,耸耸肩膀。他开口讲话,大概在替自己辩白,要求让他再骑马到庄子里去。小马忽然动一下,仿佛瓦尔拉莫夫变得重了一点似的。瓦尔拉莫夫也动了动。

"滚开!"他生气地叫道,朝骑马的人挥动鞭子。

然后他勒转马头,一面瞧小本子里的纸,一面让那头马漫步沿着货车队走动。等他走到货车队的最后一辆,叶戈鲁什卡就凝神瞅着他,好看清他。瓦尔拉莫夫是个老头儿。他那平淡无奇、给太阳晒黑、生着一小把白胡子的俄罗斯人的脸,颜色发红,沾着露水,布满小小的青筋。那张脸跟伊万·伊万内奇一样,也现出正正经经的冷淡表情,现出热中于事务的表情。不过,在他和伊万·伊万内奇中间,毕竟可以感到很大的不同!伊万·伊万内奇舅舅的脸上除了正正经经的冷淡表情以外,永远有操心和害怕的神气,唯恐找不到瓦尔拉莫夫,唯恐误了时间,唯恐错过了好价钱。像这种自己作不得主的小人物所特有的表情,在瓦尔拉莫夫的脸上和身上就找不出来。这个人自己定价钱,从不找人,也不仰仗什么人。他的外表尽管平常,可是处处,甚至在他拿鞭子的气派中,都表现出他意识到自己的力量和一贯主宰草原的权力。

他骑马走过叶戈鲁什卡身边,却没有看他一眼,倒是多承小马赏脸,瞧了瞧叶戈鲁什卡。它用愚蠢的大眼睛瞧着,就连它也很冷淡。潘捷列对瓦尔拉莫夫鞠躬。瓦尔拉莫夫留意到了,眼睛还是没离开纸,声音含糊地说:

"你好,老头儿!"

瓦尔拉莫夫跟骑马的人的谈话以及他挥动鞭子的气派显然给货车队所有的人都留下了威风凛凛的印象。大家的脸色严肃起来。骑马的人被这位大人物的震怒吓掉了魂,没戴帽子,松着缰绳,停在最前面那辆货车旁边。他一声不响,好像不相信今天一开头就会这么倒霉似的。

"很凶的老人……"潘捷列嘟哝着说,"可惜他太凶! 不过他挺不错,是个好人……他并不无缘无故骂人……没什么……"

看完那些纸以后,瓦尔拉莫夫就把小本子塞进衣袋里。小马仿佛知道他的心意似的,不等吩咐,就颤动一下,顺着大道朝前疾驰了。

七

当天晚上,车夫歇下来烧稀饭。这一回,从一天开头起,人人都有一种不明不白的愁闷感觉。天气闷热,大家喝下许多水,可还是不解渴。月亮升上来,十分红,模样儿阴沉,仿佛害了病。星星也昏沉沉的,暗影更浓了,远处更朦胧。大自然好像有了什么预感,无精打采。

篝火四周没有昨晚的那种活跃的景象和生动的谈话了。大家都觉得烦闷,即便讲话也打不起精神,没有兴致。潘捷列光是唉声叹气,抱怨两条腿,不时讲到横死。

德莫夫伏在地上,沉默着,嚼一根干草。他脸上现出嫌恶的表情,好像那根草气味不好闻似的,他的脸色凶狠而疲乏……瓦夏抱怨下巴发痛,预言要变天了。叶美里扬没有挥动胳膊,呆坐着,闷闷地瞧着火。叶戈鲁什卡也疲乏了。这种缓慢的旅行使他感到腻味,白昼的炎热烤得他头痛。

他们烧稀饭的时候,德莫夫由于心烦而跟他的同伴找碴儿吵架。

"这个长着瘤子的家伙,舒舒服服地坐在那儿,老是头一个伸出勺子来!"他说,恶狠狠地瞧着叶美里扬,"贪吃!老是头一个抢到锅子旁边坐好。他在唱诗班唱过歌,就自以为是老爷!像你们这种唱诗的,在这条大道上要饭的多得很!"

"你为什么跟我过不去?"叶美里扬问,也生气地瞧着他。

"就是要你别头一个忙着往锅子里舀东西吃。别以为自己有什么了不起!"

"你是混蛋,就是这么的。"叶美里扬用嘶哑的声音说。

潘捷列和瓦夏凭经验知道这种谈话通常会闹出什么结局来,就出头调解,极力劝德莫夫不要无端骂人。

"什么唱诗的……"那个捣蛋鬼不肯罢休,反而冷笑,"那种玩意儿谁都会唱。坐在教堂的门廊上唱:'看在基督的面上,赏我几个钱吧!'哼!你们还怪不错的呢!"

叶美里扬没有开口。他的沉默反倒惹恼了德莫夫。他带着更大的怒气瞧着那个先前在教堂里唱诗的人,说:

"我只是不愿意理你罢了,要不然我真要叫你知道知道你自己是个什么玩意儿!"

"可是你为什么跟我过不去,你这个马泽帕①?"叶

---

① 马泽帕(1644—1709),1687至1708年的乌克兰首领。1700至1721年北方战争时期,他带领四五千哥萨克人投奔瑞典王查理十二世。后来瑞典军队在波尔塔瓦战败,马泽帕同查理十二世一起逃跑。

镜子集

美里扬冒火了,"我惹你了吗?"

"你叫我什么?"德莫夫问道,站起来,眼睛充血,"什么?我是马泽帕?是吗?好,给你点颜色看看!叫你自己去找吧!"

德莫夫从叶美里扬的手里抢过勺子来,往远处一扔。基留哈、瓦夏、斯乔普卡都跳起来,跑去找勺子。叶美里扬用恳求和询问的眼光瞧着潘捷列。他的脸忽然变小,变皱,眼睛眨巴起来,这位先前唱诗班的歌手像小孩似的哭起来了。

叶戈鲁什卡早就恨德莫夫,这时候觉得空气一下子闷得使人受不了,仿佛篝火的火焰烤他的脸似的。他恨不得赶快跑到黑暗中的货车那儿去,可是那捣蛋鬼的气愤而烦闷的眼睛把他吸引住了。他渴望说几句非常伤人的话,就往德莫夫那边迈近一步,上气不接下气地说道:

"你比谁都坏!我看不惯你!"

这以后,他原该跑到货车那边去,可是他站在那儿

动不得,接着说:

"到下一个世界,你会在地狱里遭火烧!我要告到伊万·伊万内奇那儿去!不准你欺侮叶美里扬!"

"嘿,你瞧!"德莫夫冷笑道,"嘴上的奶还没干的小猪猡,倒管教起别人来啦。要不要我拧你的耳朵?"

叶戈鲁什卡觉得透不过气来。他以前从没这样过,此刻忽然周身打抖,顿着脚,尖声叫道:

"打他!打他!"

眼泪从他眼睛里流出来。他觉得难为情,就踉踉跄跄跑回货车那边去。他的尖叫产生了什么影响,他没看见。他躺在货包上哭,胳膊和腿抽搐着,小声说:

"妈妈!妈妈!"

这些人,篝火四周的阴影,黑压压的羊毛捆,远处每分钟都在发亮的闪电,这一切,现在全使他觉得阴森可怕。他胆战心惊,绝望地问自己:这是怎么回事,他为什么跑到这陌生的地方来,夹在一群可怕的庄稼汉中间呢?现在他舅舅、赫利斯托福尔神甫、杰尼斯卡在哪儿呀？为什么他们这么久还没来？莫非他们忘掉他了？他一想到自己给人忘掉，丢在这里，听凭命运摆布，就周身发凉，害怕得很，有好几回突然站起身来，要跳下羊毛捆，一口气顺着大道跑回去，头也不回，但是转念想到在路上一定会遇到乌黑而阴森的十字架和远处闪着的电光，他才忍住了……只有他小声叫着"妈妈！妈妈！"的时候，他才觉得好过一点……

车夫们一定也害怕。叶戈鲁什卡从篝火旁边跑开以后，他们先是沉默很久，然后含糊地低声谈着什么，说是有个什么东西就要来了，他们得赶快动身，躲开它才好……他们连忙吃完晚饭，熄掉火，沉默地套车。从他们匆忙的动作和断续的语句可以看出他们预料有什么灾难要来了。

快要动身上路的时候，德莫夫走到潘捷列面前，压低声音问道：

"他叫什么名字？"

"叶戈里……"潘捷列回答。

德莫夫一只脚踩着一个车轮,抓住捆在货包上的绳子,爬上车来。叶戈鲁什卡看见了他的脸和生着卷曲头发的脑袋。那张脸苍白,疲倦,愁闷,可是已经没有恶狠狠的表情了。

"叶戈里!"他轻声说,"得了,打我吧!"

叶戈鲁什卡奇怪地瞧着他,这当儿电光一闪。

"不要紧,打我好了!"德莫夫重说一遍。

他没等到叶戈鲁什卡打他,或者跟他讲话,又跳下车来,说:

"我心里好闷哟!"

然后,他摇摇晃晃,动着肩胛骨,懒洋洋地顺着那一串货车慢慢走去,用半是悲伤半是烦恼的声调反复地说:

"我心里好闷哟!主啊!你别生我的气了,叶美里扬,"他走过叶美里扬身边的时候说,"我们这种生活没有什么指望,苦透了!"

右边现出一道闪电,好像这闪电映在镜子里似的,远处立刻也现出一道闪电。

"叶戈里,接住!"潘捷列扔上来一个又大又黑的东西,叫道。

"这是什么呀?"叶戈鲁什卡问。

"篷布!天要下雨了,把它盖在身上吧。"

叶戈鲁什卡坐起来,瞧一瞧自己的四周。远方明显地变黑,白光闪着,现在每分钟不止一回了,像是眼皮在一眨一眨似的。黑暗好像由于太重,向右边歪过去了。

"老爷爷,要有雷雨吗?"叶戈鲁什卡问道。

"哎哟,我这双冻坏了的脚好痛哟!"潘捷列没听见孩子的话,拖长声调说,顿着脚。

左边天空好像有人在划火柴。一道苍白的、磷光样的细带闪了一闪,就灭了。人们可以听见一股声浪,仿佛远处有人在铁皮房顶上走动。大概是光着脚在房顶上走,因为铁皮发出沉闷的隆隆声。

"要下大雨了!"基留哈嚷道。

在远方和右边地平线中间,现出一道闪电,明晃晃的,照亮了一部分草原,照亮了无云的天空和黑暗相连的地方。密密层层的乌云不慌不忙地移过来;又大又黑的破布片从那团云的边上挂下来。左右两面的地平线上也有这样的碎片互相压挤,堆得高高的。雨云的外表破碎而蓬松,仿佛它喝醉了酒,在胡闹似的。天上响起了清晰的、一点儿也不含混的隆隆雷声。叶戈鲁什卡在胸前画十字,连忙披上大衣。

"我好闷哟!"德莫夫的嚷叫声从前面的货车那边飘来,从他的声调听得出他又生气了,"我好闷哟!"

忽然间起了一阵狂风,来势那么猛,差点儿刮跑了叶戈鲁什卡的包袱和篷布。篷布被风吹动,向四面八方飞舞,拍打着货包和叶戈鲁什卡的脸。风呼啸着,在草原上飞驰,滴溜溜地乱转,刮得青草发出一片响声,雷声和车轮的吱嘎声反而听不见了。这风从黑色的雨云里刮下来,卷起滚滚的灰尘,带来雨水和潮湿土地的气味。月光昏暗,仿佛变得肮脏了。星星越发黯淡。

人可以看见滚滚的烟尘跟它的阴影顺着大道的边沿急急忙忙跑到后面什么地方去。这时候旋风盘旋着,从地面上的尘土里卷走枯草和羽毛,大概升上了天空,风滚草多半在黑色的雨云旁边飞翔,它们一定害怕得很!可是透过迷眼的灰土,除了闪电的亮光以外,什么也看不见。

叶戈鲁什卡心想,马上要下大雨了,就跪了下来,拿篷布盖住自己的身子。

"潘捷列——列!"前面有人嚷道,"啊……啊……哇!"

"我听不见!"潘捷列拖长声音大声回答。

"啊……啊……哇!"

雷声愤怒地响起来,在天空从右边滚到左边,随后再滚回去,消失在最前面那辆货车附近。

"神圣的,神圣的,神圣的,万能的主啊,"叶戈鲁什卡小声说着,在胸前画十字,"愿您的荣耀充满天上和人间……"

漆黑的天空张开嘴,吐出白色的火来,立刻又响起了雷声。雷声刚刚收歇,就来了一道极宽的闪电,叶戈鲁什卡从篷布的裂缝里忽然看见通到远方的整个宽阔的大道,看见所有的车夫,甚至看清了基留哈的坎肩。这时候左边那些黑色碎云往上移动,其中有一片云粗野而笨拙,像是伸出的爪趾,直向月亮那边伸过去。叶戈鲁什卡决心闭紧眼睛,不去理会,等着这一切结束。

不知什么缘故,雨很久不来。叶戈鲁什卡巴望雨云也许会过去,就从篷布里往外张望。天色黑得可怕。叶戈鲁什卡既看不见潘捷列,又看不见羊毛捆,也看不见自己。他斜起眼睛往前不久还有月亮的地方看,可是那边一片漆黑,跟货车的上空一样。在黑暗中,电光似乎更白,更亮,照得他的眼睛发痛。

"潘捷列!"叶戈鲁什卡叫道。

没有人答话。可是这时候风总算最后一回撩一下篷布,跑到不知什么地方去了。可以听见一种平匀沉着的响声。一滴又大又凉的水落在叶戈鲁什卡的膝上,又一滴在他手上爬。他发现自己的膝头没盖好,想要整理一下篷布,可是这当儿有些什么东西洒下来,劈劈啪啪地拍打着大道,然后拍打车杠,拍打羊毛捆。原来那是雨点。雨点和篷布好像互相了解似的,开始急速而快活地谈起天来,喊喊喳喳跟两只喜鹊一样。

叶戈鲁什卡跪在那儿,或者更正确地说,坐在自己的靴子上。雨拍打篷布的时候,他往前探身,好遮住膝头,因为膝头忽然湿了。他好容易盖好膝头,可是不到一分钟,又觉得身后背脊底下和腿肚子上面有一种刺骨的、不舒服的潮湿感觉。他就恢复原先的姿势,听凭膝头去让雨淋,暗自盘算该怎样摆布那块在黑地里看不见的篷布才对。可是他的胳膊已经湿了。雨水淌进袖子和衣服里,肩胛骨觉得冷冰冰的。他决意什么也不管,呆坐在那儿不动,等待雨过了再说。

"神圣的,神圣的,神圣的……"他小声念道。

忽然,正好在头顶上方,发出一下可怕的、震耳欲聋的霹雳声,天空碎裂了。他蜷起身子,屏住呼吸,等着碎片落在他的后脑勺和背上。他的眼睛偶然睁开，看见一道亮得刺眼的光在他的手指上、湿袖子上、从篷布流到羊毛捆以后再淌到地上的细细的水流上，闪烁了五回。又传来同样猛烈可怕的打击声。天空现在不是发出隆隆声或者轰响声，却发出像干木头爆裂一样的破碎声。

"特拉拉！达！达！达！"雷声清楚地响着，滚过天空，跌跌绊绊，摔在前面货车附近或者后面远处什么地方，发出一声恶毒而断续的"特拉拉！……"

先前，闪电只不过可怕罢了，可是加上这种雷声，却显得凶恶了。它们那种魔光穿透闭紧的眼皮，弄得人周身发凉。怎么样才能不看见它们呢？叶戈鲁什卡决意把脸转到后面去。他四肢着地小心地爬着，好像生怕给人看见似的，手掌在湿羊毛捆上滑着，转过身去了。

"特拉！达！达！"这声音在他头顶上滚着，落到货车底下，爆炸开来，"拉拉拉！"

镜　子　集

叶戈鲁什卡又偶然睁开眼睛,不料看见了新的危险:有三个高大的巨人,手里拿着长矛,跟在车后面。电光照亮他们的矛尖,很清楚地照出他们的身躯。他们躯体高大,遮着脸,垂着头,脚步沉重。他们显得十分忧愁,没精打采,心事重重。他们跟着货车走,也许并没有什么恶意,不过他们挨得这么近,总还是有点可怕。

叶戈鲁什卡赶快扭回身子朝着前面,周身打抖,喊叫起来:

"潘捷列!老爷爷!"

"特拉!达!达!"天空回答他。

他睁大眼睛看车夫们在不在。有两个地方射出闪电来,照亮通到远方去的大路、整个货车队和所有的车夫。雨水汇成小河沿着道路流去,水泡跳动不定。潘捷列在货车旁边走着,他的高帽子和肩膀上盖着一小块篷布,他既没表现恐怖,也没露出不安,仿佛被雷声震聋耳朵,让闪电照瞎了眼睛一样。

"老爷爷,巨人!"叶戈鲁什卡哭着对他嚷道。

可是老爷爷没听见。前面走着叶美里扬。他从头到脚盖着一块大篷布,成了一个三角形。瓦夏身上什么也没盖,照旧像木头一样走着,高高地抬起脚,膝头却不弯。在电光中,仿佛货车并没驶动,车夫们呆立不动,瓦夏的举起的脚也僵住了……

叶戈鲁什卡又叫老爷爷。他没听到回答,就一动不动地坐着,不再等雨停了。他相信再过一分钟雷就会把他劈死,相信只要偶尔一睁开眼,就会看见那些可怕的巨人。他不再在胸前画十字,不再叫老爷爷,不再想念母亲,光是冻得发僵,相信暴风雨永远也不会完结了。

可是忽然有了人声。

"叶戈里啊,你睡着了还是怎么的?"潘捷列在下面喊道,"下来!耳朵聋了,小傻瓜!……"

"这才叫做暴风雨呢!"一个不熟悉的低音说;喉咙里卡卡地响,好像刚刚喝干了一杯上好的白酒似的。

镜 子 集

叶戈鲁什卡睁开眼睛。下面货车旁边站着潘捷列、三角形的叶美里扬和那些巨人。那些巨人现在身材矮多了。叶戈鲁什卡仔细一看,原来他们是些普通的农民,肩头上扛着的不是长矛,却是铁的草叉。从潘捷列和三角形中间的夹缝里望出去,可以看见一间矮木房的明亮的窗子在放光。可见货车队在一个村子里停下了。叶戈鲁什卡撩开篷布,拿起包袱,连忙爬下货车。现在左近有了人声和灯光明亮的窗子,虽然雷声还是跟先前那样隆隆地响,整个天空布满长条的闪电,他却不再觉得害怕了。

"这场暴风雨好,挺不错……"潘捷列唠叨着说,"感谢上帝……我的脚倒因为这场雨痛得没那么厉害了,这场暴风雨挺不错……爬下来了,叶戈里?好,上小屋里去吧……挺不错……"

"神圣的,神圣的,神圣的……"叶美里扬声音干哑地说,"雷一定在什么地方劈倒了什么东西……你们是这一带的人吗?"他问巨人。

"不,是从格里诺沃村来的……我们是格里诺沃村的人。我们在普拉捷罗夫老爷家里干活。"

"是打麦子吧?"

"样样都做。眼前我们还在收小麦。这闪电,这闪电啊!好久没有过这样的暴风雨了……"

叶戈鲁什卡走进小屋。他迎面遇到一个瘦瘦的、尖下巴的驼背老太婆。她手里拿着一支油烛,眯缝着眼睛,长声地叹气。

"上帝赐给我们一场什么样的暴风雨哟!"她说,"我们家的人在外面草原上过夜。他们要受罪了,心爱的人!把衣服脱掉吧,小少爷,脱衣服吧……"

叶戈鲁什卡冻得打战,难受得耸起肩头,脱下湿透了的大衣,然后张开胳膊,劈开腿,站了很久没动弹。稍稍一动就会在他身上引起一种不愉快的寒冷和潮湿的感觉。衬衫的袖子和后背是湿的,裤子粘在大腿上,水从脑袋上往下滴……

"小孩子,站在那儿劈开腿是做什么啊?"老太婆说,"来,坐下!"

叶戈鲁什卡大大地劈开两条腿,走到桌子那儿,在一张凳子上靠近一个什么人的头坐下。那个头动起来,鼻子里喷出一股气息,嘴里发出嚼东西的声音,然后又安静了。从这个头起,顺着凳子,耸起一座盖着羊皮袄的小山。原来那是一个农妇在睡觉。

老太婆叹着气走出去,不久就带着一个西瓜和一个甜瓜回来了。

"吃吧,小少爷!另外我没有东西可以请你吃了……"她说,打了个呵欠,随后在桌子抽屉里找一阵,拿出一把又长又尖的小刀来,很像强盗在客栈里用来杀死商人的那种刀,"吃吧,小少爷!"

叶戈鲁什卡好像害热病似的打冷战,就着黑面包吃了一片甜瓜,然后又吃了一片西瓜,吃了以后他感到越发冷了。

"我们家的人在外面草原上过夜……"他吃东西的时候,老太婆叹道,"主震怒了!……我原想在神像前面点支蜡烛,可是我不知道斯捷潘尼达把蜡烛放在哪儿了。吃吧,小少爷,吃吧……"

老太婆打了个呵欠,把右手伸到背后,搔了搔她的左肩膀。

"现在准有两点钟了,"她说,"再过一会儿就是起床的时候了。我们家的人在草原上过夜……他们一定全身湿透了……"

"奶奶,"叶戈鲁什卡说,"我想睡觉。"

"躺下,小少爷,躺下吧……"老太婆叹道,打个呵欠,"主耶稣基督!我原本睡着了,忽然听见好像有人在打门。我醒来一看,原来是主赐给我们这场暴风雨……我原想点起蜡烛来,可是没找着。"

她一面自言自语,一面从凳子上拿下一堆破烂,多半就是她自己的被褥,又从炉边一个挂钉上摘下两件羊皮袄,开始替叶戈鲁什卡铺床。

"这场暴风雨还没收歇,"她唠唠叨叨地说,"只求没人挨到雷劈才好。我们家的人在草原上过夜……躺下,睡吧,小少爷……基督跟你同在,小孙孙……甜瓜我不拿走,你起床的时候也许还想吃一点。"

老太婆的叹气和呵欠,睡熟的农妇的匀称的鼻息,小屋的半明半暗,窗外的雨声,使得人犯困。叶戈鲁什卡不好意思在老太婆面前脱衣服。他只脱掉靴子,就躺下,拉过羊皮袄来盖在身上。

"小子躺下了?"过一会儿他听见潘捷列小声说。

"躺下了!"老太婆小声回答,"主震怒了,震怒了!雷打了又打,听不出什么时候才会完……"

"一会儿就会过去的……"潘捷列低声说,坐下来,"雷声小多了……伙伴们到人家的小屋里去了,只有两个留在外面看马……伙伴们……不得不这样啊……马会给人牵走的……我在这儿坐一会儿,然后去换班……不得不这样,会给人牵去的……"

潘捷列和老太婆并排坐在叶戈鲁什卡脚旁,用嘶嘶的声音低声攀谈着,叹息和呵欠穿插在他们的谈话里。叶戈鲁什卡怎么也暖和不过来。他身上盖着沉甸甸的、温暖的羊皮袄,可是他周身打抖,胳膊和腿抽搐着,内脏在战栗……他在羊皮袄底下脱掉衣服,可是这也没用。他的寒颤越来越厉害。

潘捷列走出去换班看马,后来又回来。叶戈鲁什卡仍旧睡不着觉,浑身发抖。有个什么东西压住他的脑袋和胸膛,他闷得难受。他不知道那是什么东西,究竟是两个老人低微的谈话声呢,还是羊皮的刺鼻气味。他吃过的西瓜和甜瓜在他嘴里留下一种不爽快的、金属样的滋味。再说,他被跳蚤叮着。

"老爷爷,我冷!"他说,自己也听不出这是自己的声音了。

"睡吧,小孙孙,睡吧……"老太婆叹道。

基特迈动他那小小的细腿,来到床边,挥动胳膊,然后长高了,升到天花板,变成风车了。赫利斯托福尔神甫不是像坐在马车里的那个样子,却穿着整齐的法衣,手里拿着洒圣水的刷子,绕着风车走动,把圣水洒在风车上,风车就不转动了。叶戈鲁什卡知道这是做

镜 子 集

梦,就睁开眼睛。

"老爷爷!"他叫道,"给我水喝!"

谁也没答话。叶戈鲁什卡觉得躺在那儿闷得受不了,感到不舒服。他就起来,穿好衣服,走出小屋。早晨已经来临。天空阴暗,可是雨倒不下了。叶戈鲁什卡打着冷战,拿潮湿的大衣裹紧自己的身子,穿过泥泞的院子,在寂静中倾听着。他的眼光碰到一个小小的牲畜房,那儿有一扇半开着的芦苇编的门。他探进头去瞧瞧那个小屋,走了进去,在黑暗的墙角边一堆干粪上坐下来。

他那沉重的脑袋里纠结着乱糟糟的思想,嘴里有一种金属的味道,又干又苦。他瞧着自己的帽子,把那上面的孔雀毛理直,想起先前跟母亲一块儿去买这顶帽子的情景。他把手放进口袋里,拿出一团棕色的、黏糊糊的烂泥。这块烂泥怎么会来到他口袋里的?他想一想,闻了闻:有蜂蜜的气味。啊,原来是犹太人的蜜饼!这块饼给水泡得稀烂,啊,可怜的东西!

叶戈鲁什卡翻看着自己的大衣。那是一件灰色的大衣,钉着骨制的大扣子,裁成礼服的样式。这是一件贵重的新衣,所以在家里从不挂在前堂,而跟母亲的衣服一块儿挂在寝室里。只是逢到假日,才准他穿。叶戈鲁什卡瞧着这件衣服,不由得为它可惜,想起他和大衣如今只能听凭命运摆布,想起他再也不能回家,就哀哀地哭了起来,哭得差点从粪堆上一头栽倒。

一只沾着雨水的白毛大狗,脸上挂着一绺绺白毛,跟卷发纸一样,走进牲畜房来,奇怪地瞪着叶戈鲁什卡。它好像在想:究竟是汪汪叫好呢,还是不叫为好。它断定没有叫的必要,就小心地走到叶戈鲁什卡面前,吃了那团黏糊糊的烂东西,又走出去了。

"这是瓦尔拉莫夫手下的人!"有人在街上喊道。

等到哭够了,叶戈鲁什卡就走出牲畜房来,绕过一个水塘,往街上走去。货车正巧停在门口的大路上。淋湿的车夫们迈动沾满泥泞的脚在货车旁边徘徊,或者坐在车杠上,没精打采,睡意蒙眬,跟秋天的苍蝇一样。叶戈鲁什卡看着他们,心想:"做个农民,多么枯燥,多么不舒服呀!"他走到潘捷列那边,跟他并排在车杠上坐下来。

"老爷爷,我冷!"他说,打着冷战,把手塞进袖管里。

"不要紧,我们很快就要到了,"潘捷列打个呵欠说,"不要紧,你会暖和起来的。"

货车队很早就出发了,因为天气还不热。叶戈鲁什卡躺在羊毛捆上,虽然太阳不久就在天空出现,晒干了他的衣服、羊毛捆、土地,他却还是冷得打战。他一闭上眼,就又瞧见基特和风车。他想呕吐,身子发重,就极力赶走这些幻象,可是它们一消灭,捣蛋鬼德莫夫就红着眼睛,举起拳头,大吼一声扑到叶戈鲁什卡身上来,要不然就是听见那个诉苦声:"我心里好闷哟!"瓦尔拉莫夫骑着哥萨克小马走过去。幸福的康斯坦丁也走过去,微笑着,抱着大鸨。这些人是多么沉闷,多么叫人受不了,多么惹人厌烦啊!

有一回(那是将近黄昏了),他抬起头来想向人要水喝。货车队停在一座跨过宽阔河面的大桥上。桥下河面上冒着黑烟,透过烟雾可以看见一只轮船,后面用绳子拖着一条驳船。前边,河对面,有一座花花绿绿的大山,山上点缀着房屋和教堂。山脚下,在一列货车旁边,有一辆机车在奔驰……

叶戈鲁什卡以前从没见过轮船,没见过机车,也没见过大河。现在他瞧着它们,却既不害怕,也不惊奇,他的脸上甚至没有现出一点像是好奇的神气。他只觉得恶心,连忙伏下,用胸脯贴着羊毛捆的边。他吐了。潘捷列看到这情景,嗽嗽喉咙,摇了摇头。

"我们的小子病了!"他说,"一定是肚子受了凉……小子……离家在外……这真糟糕!"

八

货车队停在一个离码头不远、供商人住宿的大客

栈门口。叶戈鲁什卡从货车上爬下来,听见一个很耳熟的声音。有个人搀他下来,说:

"我们昨天傍晚就到这儿了……今天等了你们一整天。我们原想昨天赶上你们,可是在路上没碰见你们,我们走的是另一条路。嘿,你把大衣揉得好皱呀!你可要挨舅舅的骂了!"

叶戈鲁什卡细瞧说话人的那张像大理石般的脸,这才想起他就是杰尼斯卡。

"你舅舅和赫利斯托福尔神甫这时候在客栈房间里,"杰尼斯卡接着说,"他们在喝茶呢。去吧!"

他领着叶戈鲁什卡走进一所两层楼的房子,里面又黑暗又阴森,就跟他们县城里的慈善机关一样。叶戈鲁什卡和杰尼斯卡穿过前堂,走完一道阴暗的楼梯和一条狭窄的长过道,走进一个小房间。果然,伊万·伊万内奇和赫利斯托福尔神甫正坐在房间里茶桌旁边喝茶。两个老人一看见小男孩,脸上现出又惊奇又快活的神气。

"啊哈！叶戈尔·尼古拉——伊奇，"赫利斯托福尔神甫用唱歌似的声调说，"罗蒙诺索夫先生！"

"啊，贵族老爷！"库兹米乔夫说，"欢迎欢迎。"

叶戈鲁什卡脱掉大衣，吻了舅舅和赫利斯托福尔神甫的手，在桌旁坐下来。

"喂，一路上怎么样，puer bone①？"赫利斯托福尔神甫替他斟了茶，问他，脸上照例带着愉快的笑容，"恐怕腻味了吧？求上帝保佑我们，万万别叫我们坐货车或者骑牛赶路了！上帝宽恕我们吧：走了又走，往前一看，总是一片草原，铺展开去，跟先前一样，看不见尽头！这不是赶路，简直是受罪嘛。你为什么不喝茶？喝呀！在你随着那一串货车赶路，还没来到这儿的时候，我们已经把所有的事都圆满地办完了。感谢上帝！我们已经把羊毛卖给切列巴辛了，只求上帝能让大家都这么顺利就好了……我们赚了一笔钱。"

---

① 拉丁语：好孩子。

镜 子 集

一看见自家人,叶戈鲁什卡就感到一种难以遏止的愿望:要想诉一诉苦。他没听赫利斯托福尔神甫的话,只是想着怎样开口,主要诉什么苦。可是赫利斯托福尔神甫的声调显得很不好听,刺耳,妨碍他集中注意,搅乱了他的思想。他在桌旁没坐满五分钟就站起来,走到长沙发那里躺下。

"咦,咦!"赫利斯托福尔神甫惊奇地说,"你怎么不喝茶?"

叶戈鲁什卡一面仍旧在想诉什么苦,一面用额头抵着沙发背,忽然号啕大哭起来。

"咦,咦!"赫利斯托福尔神甫重说一遍,站起来,走到长沙发那儿,"叶戈里,你怎么了? 你干吗哭呀?"

"我……我病了!"叶戈鲁什卡开口说。

"病了?"赫利斯托福尔神甫慌了,"这可不好,小兄弟……在路上怎么能生病呢? 哎哟,你怎么啦,小兄弟……嗯?"

他伸出手去放在叶戈鲁什卡的额头上,又摸摸他

的脸蛋儿,说:

"对,你的额头很烫……你一定着了凉,要不然,就是吃了什么东西……向上帝祷告吧。"

"给他吃点奎宁……"伊万·伊万内奇说,慌了。

"不。应当给他吃点热的……叶戈里,要喝点汤吗?嗯?"

"不……不想喝。"叶戈鲁什卡回答说。

"你觉着冷还是怎么的?"

"先前倒是觉着冷,可是现在……现在觉着热了。我浑身酸痛……"

伊万·伊万内奇走到长沙发那儿,摸一摸叶戈鲁什卡的额头,慌张地嗽一嗽喉咙,回到桌子那儿。

"这样吧,你索性脱掉衣服,躺下睡吧,"赫利斯托福尔神甫说,"你该好好睡一觉才成。"

他帮着叶戈鲁什卡脱掉衣服,给他放好枕头,替他盖上被子,再拿伊万·伊万内奇的大衣盖在上面。然后他踮起脚尖走开,在桌旁坐下来。叶戈鲁什卡闭上眼睛,立刻觉得好像不是在旅馆房间里,而是在大道边上,挨近篝火。叶美里扬挥动胳膊,德莫夫红着眼睛趴在地上,讥诮地瞧着叶戈鲁什卡。

"打他,打他!"叶戈鲁什卡嚷道。

"他说梦话了……"赫利斯托福尔神甫低声说。

"真是麻烦!"伊万·伊万内奇叹道。

"得拿油和醋来把他擦一擦才行。上帝保佑,他的病明天就会好了。"

为了要摆脱噩梦,叶戈鲁什卡睁开眼睛,对火望着。赫利斯托福尔神甫和伊万·伊万内奇已经喝完茶,正在小声讲话。神甫幸福地微笑着,看来,他怎么也忘不了他在羊毛上赚了一笔钱。使他高兴的,与其说是赚了钱,不如说是想着他回到家,可以把一大家子人聚集在自己周围,狡猾地眯眯眼睛,哈哈大笑。他先得瞒住他们大家,说他按照比实价低的价钱把羊毛卖了,然后他就拿出一个肥大的钱夹交给女婿米海罗说:"喏,拿去吧!瞧,生意就该这样做!"库兹米乔夫好像还不满足。他的脸上跟先前一样表现出一本正经的冷淡和操心的神情。

"唉,要是早知道切列巴辛肯出这样的价钱,"他低声说,"那我就不会在家乡把那三百普特卖给玛卡罗夫了。真要命!不过,谁知道这儿的价钱涨上去了?"

一个穿白衬衫的人把茶炊端出去,点亮墙角上神像前面的长明灯。赫利斯托福尔神甫凑近他的耳朵低声说着什么。那个人做出诡秘的脸相,就像在搞阴谋似的,仿佛说:"我明白了。"然后走出去,不久就又回来,把一个容器放在长沙发底下。伊万·伊万内奇在地板上给自己铺了被褥,打了几回呵欠,懒洋洋地做完祷告,就躺下去了。

"我想明天上教堂去,……"赫利斯托福尔神甫说,"我认识那儿的圣器看守人。做完弥撒我应当去看看主教,不过据说他病了。"

他打了个呵欠,吹熄了灯。现在,只有神像前面的

镜　子　集

长明灯放光了。

"据说他不见客,"赫利斯托福尔神甫继续说,脱去衣服,"这样一来,我只好见不到他的面就走了。"

他脱下长衣,叶戈鲁什卡看见眼前站着鲁滨孙·克鲁梭。鲁滨孙在一个小碟里搅动什么东西,走到叶戈鲁什卡面前,小声说:

"罗蒙诺索夫,你睡着了?起来吧!我拿油和醋擦一擦你的身子。这是很灵的,你只要向上帝祷告就行了。"

叶戈鲁什卡连忙翻身坐起来。赫利斯托福尔神甫脱掉孩子的内衣,耸起肩膀,断断续续地呼吸,好像谁在呵他的痒似的。他开始擦叶戈鲁什卡的胸膛。

"凭圣父、圣子、圣灵的名义……"他小声说,"趴好,背朝上!……这就行了。明天病就会好了,不过以后别再造罪了……你烫得跟火似的!大概起暴风雨的时候,你们正在路上吧?"

"正在路上。"

"那还有不生病的！凭圣父、圣子、圣灵的名义……那还有不生病的！"

赫利斯托福尔神甫擦完叶戈鲁什卡的身子以后，给他穿上内衣，替他盖好，在他身上画个十字，就走了。后来，叶戈鲁什卡看见他向上帝祷告。大概这老人背熟了许多祷告词，因为他在神像前面站了许久，小声念着。他念完祷告，对着窗口、房门、叶戈鲁什卡、伊万·伊万内奇一一画了十字，在一张小的长沙发上躺下来，没垫枕头，拉过自己的长衣盖在身上。过道上一只挂钟敲了十下。叶戈鲁什卡想起到天亮还有很长一段时间，就烦恼得用脑门子抵住长沙发的靠背，不再努力摆脱那些朦胧的、郁闷的梦景了。可是早晨却远比他预料的来得快。

他觉得他躺在那儿，用脑门子抵住长沙发的靠背，并没过多久，可是等到他睁开眼来，斜射的阳光却已经透过小客房里的两扇窗子，照在地板上了。赫利斯托福尔神甫和伊万·伊万内奇不在房间里。房间已经打扫过,明亮,舒服,有赫利斯托福尔神甫的气味:他身上老是冒出柏枝和晒干的矢车菊的气味(在家里,他常用矢车菊做洒圣水用的刷子和神龛的装饰品,因此他身上浸透了那些气味)。叶戈鲁什卡瞧着枕头,瞧着斜射的阳光,瞧着自己那双现在已经擦干净、并排摆在长沙发左近的靴子,瞧啊瞧的,笑起来了。他看到自己不是躺在羊毛捆上,看到四周的东西样样都是干的,看到天花板上并没有闪电和雷,倒觉得奇怪了。

他跳下长沙发,开始穿衣服。他觉得身体挺好。昨天的病只留下一点儿痕迹,大腿和脖子还有点发软。这样看来,油和醋奏了效。他想起昨天模模糊糊地看见的轮船、火车头、宽阔的河流等等,于是连忙穿上衣服,好跑到码头上去看一看。他漱洗完毕,穿上红布衬衫,忽然门锁喀哒一响,赫利斯托福尔神甫在门口出现了,戴着高礼帽,帆布长衣外面罩着棕色绸法衣,手里拄着长木杖。他面带笑容,满脸放光(刚刚从教堂回来的老人总是满脸放光的),把圣饼和一包什么东西

放在桌子上,祈祷过后,说:

"求上帝怜恤我们!哦,你身体怎么样?"

"现在好了。"叶戈鲁什卡回答,吻他的手。

"感谢上帝……我刚做完弥撒回来……我刚才去看一个我认识的圣器看守人。他约我到他家里去喝茶,可是我没去。我不喜欢一早就上别人家里去作客。愿上帝跟他同在!"

他脱掉法衣,摩挲一下自己的胸膛,不慌不忙地解开那个小包。叶戈鲁什卡看见一小罐鱼子、一小片风干的咸鱼肉和一块法国面包。

"瞧,我路过一家活鱼店的时候买来的,"赫利斯托福尔神甫说,"平常日子原本不该这么奢侈,可是我想,家里有病人,这就可以原谅了。鱼子酱挺好,是鲟鱼的……"

穿白衬衫的那个人端来茶炊和一个放着茶具的盘子。

"吃吧,"赫利斯托福尔神甫说,把鱼子抹在一片面包上,递给叶戈鲁什卡,"现在尽管吃啊玩啊都没关系,可是你念书的时候就要到了。记住,念书要专心,用功,也好有个出息。凡是应该背熟的,你就背熟;遇到你应当用自己的话来说明内在的含义而不涉及外部形式的,那就用你自己的话来说。要努力把各门功课都学好。有的人算术学得挺好,可是却从没听说过彼得·莫吉拉①;有的人倒知道彼得·莫吉拉,可是又不会说明月亮。不行,你得把书念到样样都懂才行!要学好拉丁文、法文、德文……当然还有地理啦、历史啦、神学啦、哲学啦、数学啦……等你不慌不忙,一边祷告上帝,一边勤奋地学会了各门功课,那就要出去做事了。要是你样样都懂,那就任什么行业干起来都便当。你只要用功念书,求得神恩,上帝就会指点你做什么样的人。医生啦,法官啦,工程师啦……"

赫利斯托福尔神甫在一小片面包上抹了一点点鱼

---

① 彼得·莫吉拉(1596—1647),俄国宗教学者,写过许多宗教书。

子,放进嘴里,说:

"使徒保罗说过:不要学古怪的、邪道的学问。当然,如果那是巫术,不合法的技术,或者像扫罗①从另一个世界招来鬼魂的法术,或是于人于己全没用处的学问,那就还是不学的好。你应该只学上帝所赞同的那些学科。你得学……神圣的使徒们用各种语言讲话,那你就学各种语言。伟大的巴西尔②研究数学和哲学,那你就学数学和哲学。圣涅斯托尔③写历史,那你就学历史,写历史。要学圣徒的榜样……"

赫利斯托福尔用茶碟喝茶,擦了擦上髭,摇一下头。

"好!"他说,"我受的是老式教育,现在我已经忘

---

① 古以色列王。《圣经》上关于扫罗招鬼魂的传说见《旧约·撒母耳记》(上),第 28 章。
② 巴西尔(约 330—379),教会活动家,神学家,小亚细亚凯撒里亚主教。
③ 圣涅斯托尔,生活在 11 世纪至 12 世纪的古俄罗斯作家,编年史编纂者;基辅山洞修道院教士。

了许多,不过我跟别人还是生活得不同。比都没法比呢。比方说,到一个人多的地方去赴宴或者参加大会,说上一句拉丁话,或者提到历史或哲学方面的事,人家听了就会满意,我自己也满意……或者区里的法官们来了,要人主持宣誓仪式,别的教士怕难为情,可是我跟法官啦,检察官啦,律师啦,却随随便便,毫不拘礼。我谈吐文雅,跟他们喝喝茶,说说笑笑,问问他们我不知道的事……他们也挺愉快。就是这么的,小兄弟……学问是光明,愚昧是黑暗。念书吧!当然,念书是很难的,现在念书要花不少钱……你妈是个寡妇,她靠抚恤金过活,可是呢……"

赫利斯托福尔神甫战战兢兢地瞧一下门口,接着小声说:

"伊万·伊万内奇会帮忙的。他不会不管你。他自己没有子女,他会帮你的。别担心。"

他做出严肃的脸容,更加小声地说:

"只是你要记住,叶戈里,别忘了你母亲和伊万·

伊万内奇,求上帝让你别忘记。十诫教你孝敬母亲,伊万·伊万内奇是你的恩人,等于是你的父亲。要是你将来有了学问,求上帝不要让你因为别人比你笨就讨厌别人,看不起别人,那样一来,你就要倒霉,倒霉了!"

赫利斯托福尔神甫举起手来,小声重复了一遍:

"你就要倒霉!倒霉了!"

赫利斯托福尔神甫唠叨起来,如同俗话所说的,讲得津津有味;看来不到吃午饭的时候绝不肯罢休。可是门开了,伊万·伊万内奇走了进来。舅舅匆忙地打个招呼,就在桌旁坐下,开始很快地喝茶。

"好,所有的事全办妥了,"他说,"今天可以回家了,不过叶戈尔的事还得操一下心。得把他安置一下。我姐姐说,她有个朋友娜斯塔西娅·彼得罗芙娜,住在此地一个什么地方,她也许肯收留他在她那儿寄宿和搭伙。"

他在皮夹里翻来翻去,从里面抽出一张揉皱的纸,

镜　子　集

念道：

"'小下街,娜斯塔西娅·彼得罗芙娜·托斯库诺娃,住在自己购置的房子里。'得马上去找她才成。真是麻烦！"

喝完早茶以后过了不久,伊万·伊万内奇带着叶戈鲁什卡走出客栈。

"真是麻烦！"舅舅嘟哝道,"你像牛蒡似的粘在我身上,去你的！你们要学问,要争做上等人,却要我倒霉,为你们受罪……"

他们穿过院子的时候,货车和车夫都已经不在了。他们一清早就离开此地,到码头上去了。院子里远处的一个角落里,停着那辆熟悉的、黑黝黝的马车,马车旁边站着那几匹枣红马,正在吃燕麦。

"再见,马车！"叶戈鲁什卡想道。

起先,他们顺着大街爬上坡去,爬了很久,然后他们穿过一个大市场。在那儿,伊万·伊万内奇向一个警察打听小下街在哪儿。

"喔唷!"警察笑了笑,说,"路还远着呐,顺这条路要一直走到牧场!"

他们一路上遇见好几辆街头马车,可是只有碰到特殊情况,或者遇到大节期,舅舅才容许自己享受一下坐马车的乐趣。叶戈鲁什卡和他在铺着石板的街上走了很久,然后又在只有人行道而未铺路面的街上走了很久,最后走到了既未铺路面也没有人行道的街上。等到他们的腿和舌头把他们送到小下街,他俩都满脸通红,摘下帽子擦汗了。

"劳驾告诉我,"伊万·伊万内奇对一个坐在街门旁边小凳上的老人说,"娜斯塔西娅·彼得罗芙娜·托斯库诺娃的房子在哪儿?"

"这儿没有姓托斯库诺娃的,"老人想了一想,答道,"也许你找的是契莫盛科吧。"

"不,托斯库诺娃……"

"对不起,这儿没有姓托斯库诺娃的……"

伊万·伊万内奇耸一耸肩膀,慢慢往前走去。

"您用不着再找!"老人在他们后面叫道,"我说没有就是没有!"

"听着,老大娘,"伊万·伊万内奇对一个在墙角摆小摊卖葵花子和梨的老太婆说,"娜斯塔西娅·彼得罗芙娜·托斯库诺娃的房子在哪儿?"

老太婆惊奇地瞧着他,笑了。

"难道娜斯塔西娅·彼得罗芙娜现在还住在自己的房子里?"她问道,"主啊,自从她嫁了女儿,把自己的房子让给她的女婿,到现在已经有八年了!现在她女婿住在那儿呐。"

她的眼神仿佛表示:"你们这些傻瓜怎么会连这样一点儿小事都不知道?"

"那她现在住在哪儿呢?"伊万·伊万内奇问道。

"主啊!"老太婆惊奇地叫道,合起掌来,"她早已租房子另住了,她把自己的房子让给女婿已经有八年了。您这是怎么啦?"

她大概料着伊万·伊万内奇也会吃惊得叫起来:

"这不可能呀!!"

然而伊万·伊万内奇很平静地问道:

"那么她租住的房子在哪儿?"

这个女小贩卷起袖口,用赤裸的胳膊指点着,同时用尖细刺耳的声音嚷道:

"照直走,照直,照直……等到走过一所小红房子,左边就有一条小巷子。您走进小巷子,找到右边第三个门就是……"

伊万·伊万内奇和叶戈鲁什卡走到小红房子那儿,向左拐弯,走进小巷子,直奔右边的第三家门口。在很旧的灰色街门两旁伸展着灰色的围墙,墙上有着很大的裂缝。右面那部分围墙大幅度向前倾斜,有倒塌的危险,街门左边的围墙却往后面,往院子里面歪斜。街门本身倒笔直立着,好像没有选定往哪边倒才方便一点:究竟该往外倒呢,还是往里倒。伊万·伊万内奇推开一个小小的边门,他和叶戈鲁什卡就看见一个大院子,里面长满了杂草和牛蒡。离街门一百步远,立着一所小房子,红房顶,绿百叶窗。有一个胖女人,卷起袖口,撩起围裙,站在院子中央,正在往地下洒什么东西,用一种跟女小贩那样尖细刺声的声调嚷道:

"咕!……咕!咕!"

她身后有一条生着尖耳朵的红毛狗坐在地上。它一看见客人,就往小门这边跑来,送上一片男高音的叫声(凡是红狗都用男高音叫)。

"您找谁?"女人叫道,把手放在眼睛上,遮住阳光。

"您好!"伊万·伊万内奇也叫道,一面挥动手杖,赶走那条红毛狗,"劳驾告诉我,娜斯塔西娅·彼得罗芙娜·托斯库诺娃住在这儿吗?"

"就住在这儿!您找她有什么事?"

伊万·伊万内奇和叶戈鲁什卡朝她走去。她怀疑地瞧着他们,又问一遍:

"您找她有什么事?"

"也许您就是娜斯塔西娅·彼得罗芙娜吧?"

"嗯,就是我!"

"幸会幸会……是这样的,您的老朋友奥莉迦·伊万诺芙娜·科尼亚泽娃问候您。这是她的小儿子。我呢,也许您记得,就是她的亲弟弟伊万·伊万内奇……您原是我们县城的人……您生在我们那地方,而且是在那地方出嫁的……"

随后是沉默。胖女人呆呆地瞧着伊万·伊万内奇,好像不信他的话,或者没听懂他的话似的,然后她满脸通红,合拢两只手,她围裙里的燕麦撒了下来,眼睛里迸出了眼泪。

"奥莉迦·伊万诺芙娜!"她尖叫道,兴奋得直喘气,"我最亲爱的人!啊,圣徒呀,我干吗像傻子似的呆站在这儿?我的漂亮的小天使!……"

她搂住叶戈鲁什卡,眼泪沾湿了他的脸,哭得泪人儿似的。

"主啊!"她说,绞着手,"奥莉迦的小儿子!真是招人疼!跟他妈像极啦!长得跟他妈一模一样!可是

镜 子 集

你们干吗站在院子里啊？请到屋里坐吧！"

她匆匆朝那所房子走去，一面走，一面哭着，喘着，讲着。客人们跟着她走。

"我的房间还没收拾好呢！"她说，领着客人走进一个闷不通风的小客堂，那儿装点着许多神像和许多花盆，"啊，圣母！瓦西里沙，至少去把百叶窗打开！我的小天使！这孩子有多漂亮，简直没法儿形容！我不知道奥列琪卡①有这样一个小儿子！"

等到她安静下来，跟客人们处熟以后，伊万·伊万内奇就要求跟她单独谈一谈。叶戈鲁什卡走进另一个小房间，那儿放着一架缝纫机，窗口挂着一只鸟笼，笼里装着一只椋鸟，这儿跟客堂里一样，也有许多神像和花盆。靠近缝纫机站着一个小姑娘，一动也不动，脸儿给太阳晒黑，腮帮子跟基特一样胖乎乎的，身上穿着干净的花布连衣裙。她眼睛一眨也不眨地瞅着叶戈鲁什

---

① 奥莉迦的爱称。

卡,大概觉得很窘。叶戈鲁什卡瞧着她,沉默一会儿,问道:

"你叫什么名字?"

小姑娘微微动了动嘴唇,做出一副哭相,小声答道:

"阿特卡……"

这意思是说她叫卡特卡。

"他准备住在您这儿,"伊万·伊万内奇在客堂里小声说,"如果您肯费心的话,我们就按月给您十卢布。他倒不是宠坏了的孩子,挺安分的……"

"我真不知道该跟您说什么才好,伊万·伊万内奇!"娜斯塔西娅·彼得罗芙娜含着眼泪叹道,"十个卢布倒很好,不过带领别人的孩子却叫人害怕!他也许会生病什么的……"

等到叶戈鲁什卡被叫回客堂去,伊万·伊万内奇已经站在那儿,手里拿着帽子在告辞了。

"好了,那么,现在就让他留在您这儿了,"他说,

"再见!你待在这儿吧,叶戈尔!"他对外甥说,"在这儿别胡闹;你得听娜斯塔西娅·彼得罗芙娜的话……再见!我明天再来。"

他走了。娜斯塔西娅·彼得罗芙娜又搂抱叶戈鲁什卡,叫他小天使,流着泪,准备开饭。三分钟以后,叶戈鲁什卡坐在她身旁,回答她的无穷无尽的问题,喝着又油又烫的白菜汤了。

那天傍晚,他又在桌旁坐下,把头枕在一只手上,静听娜斯塔西娅·彼得罗芙娜讲话。她呢,时而笑,时而哭,对他讲起他母亲年轻时候的事,讲起她自己的婚姻,讲起她的子女……一只蟋蟀在炉子里噻噻地叫,灯头发出轻微的嗡嗡声。女主人低声讲着,在兴奋中不时地把顶针掉在地上。她的小孙女卡嘉就爬到桌子底下去拾,每回都在桌子底下坐很久,多半是在端详叶戈鲁什卡的脚。叶戈鲁什卡听着,半睡半醒,瞅着老太婆的脸、她那生着毛的痣和一条条泪痕……他觉得难过起来,很难过!他给安置在一只箱子上睡下,又受到嘱附:要是他晚上想吃东西,可以自己到小过道里窗台上拿点童子鸡吃,它上面覆盖着一只盆子。

第二天早晨伊万·伊万内奇和赫利斯托福尔神甫来辞行。娜斯塔西娅·彼得罗芙娜很高兴,正要烧茶炊,可是伊万·伊万内奇忙得很,摇摇手说:

"我们没有工夫喝茶吃糖!我们马上就要动身。"

在分别以前,大家坐下来,沉默了一分钟。娜斯塔西娅·彼得罗芙娜长叹一声,用泪汪汪的眼睛瞧着神像。

"好,"伊万·伊万内奇站起来,开口说,"那么你留在这儿了……"

忽然,那种一本正经的冷淡表情从他脸上消失,他脸色微微发红,带着苦笑说:

"记住,你要用功读书……别忘记妈,听娜斯塔西娅·彼得罗芙娜的话……要是你念书的成绩好,叶戈尔,那我不会不管你。"

他从衣袋里拿出钱夹来,扭转身去,背对着叶戈鲁什卡,在零钱里摸索很久,找到一个十戈比的银币,就递给叶戈鲁什卡。赫利斯托福尔神甫叹口气,不慌不忙地为叶戈鲁什卡祝福。

"凭圣父,圣子,圣灵的名义……要好好念书,"他说,"用功念书,小兄弟……要是我死了,那就在你祷告的时候提到我。喏,我也给你一个十戈比的银币……"

叶戈鲁什卡吻他的手,哭了。他心里有个声音在对他说:他从此再也不会见到这个老人了。

"娜斯塔西娅·彼得罗芙娜,我已经在中学里报过名了,"伊万·伊万内奇说,听他的声调,仿佛在这客堂里停着一具死尸似的,"到八月七日,请您带他去参加入学考试……好,再见！愿上帝跟您同在！再见,叶戈尔！"

"您至少总该喝杯茶呀！"娜斯塔西娅·彼得罗芙娜用悲哀的声调说道。

叶戈鲁什卡的眼眶里含满泪水,没有看见舅舅和赫利斯托福尔神甫怎样走出去。他跑到窗口,可是他们已经不在院子里了,刚才汪汪叫的红毛狗从街门口跑回来,现出已经尽了职责的神气。叶戈鲁什卡自己也不知道为什么,一下子跳起来,飞出房外去了。等他跑出街门,伊万·伊万内奇摇着弯柄的手杖,赫利斯托福尔神甫摇着长木杖,刚刚转过弯去。叶戈鲁什卡这才感到:这以前他所熟悉的一切东西随着这两个人一齐像烟似地永远消失了。他周身发软,往小凳上一坐,用悲伤的泪珠迎接这种对他来说现在还刚刚开始的、不熟习的新生活……

这生活会是什么样子呢?

扫一扫下方二维码

免费收听霍州关大小姐精彩片段